Une erreur si tentante

JOSS WOOD

Une erreur si tentante

Traduction française de
ELISABETH MARZIN

AZUR
HARLEQUIN

Collection : Azur

Titre original :
THE BILLIONAIRE'S ONE-NIGHT BABY

HARPERCOLLINS FRANCE
83-85, boulevard Vincent-Auriol, 75646 PARIS CEDEX 13
Service Lectrices — Tél. : 01 45 82 47 47 - www.harlequin.fr
ISBN 978-2-2805-0390-7 — ISSN 0993-4448

Édité par HarperCollins France.
Composition et mise en pages Nord Compo.
Imprimé en avril 2024 par CPI Black Print (Barcelone)
en utilisant 100% d'électricité renouvelable.
Dépôt légal : mai 2024.

FSC www.fsc.org MIXTE
Papier issu de sources responsables
FSC® C159065

Pour limiter l'empreinte environnementale de ses livres, HarperCollins France s'engage à n'utiliser que du papier fabriqué à partir de bois provenant de forêts gérées durablement et de manière responsable.

Prologue

Jago la trouva dans la chambre de sa grand-mère à l'étage, assise au pied du lit, tête baissée, une photo encadrée de Lily dans les bras. Dans sa robe écrue – elle avait refusé de porter du noir – et chaussée de talons plats, Dodi paraissait encore plus menue qu'à l'ordinaire. Plus menue, sans défense, accablée de chagrin. D'ailleurs, des larmes tombaient de ses joues sur le parquet.

Jago déglutit péniblement. Que faisait-il là ? Il aurait dû rester avec les autres au rez-de-chaussée. Certes, il connaissait Dodi depuis des années. C'était la meilleure amie de sa sœur, Thadie, et il l'avait croisée à plusieurs reprises lorsqu'elle avait été invitée à des réunions familiales chez les Le Roux. Mais ils n'étaient pas proches. Pourtant, il l'avait observée tout l'après-midi et, quand elle était montée à l'étage en courant, éprouvant visiblement le besoin de s'isoler à la fin de cette journée de funérailles, il s'était surpris à la suivre.

Jago se passa la main dans les cheveux, incapable de détacher ses yeux du visage pâle de Dodi. Elle adorait sa grand-mère, il le savait par Thadie. Or l'amour était fatalement source de souffrance. Implacable et destructeur, il dévastait tout sur son passage. Raison pour laquelle il le fuyait comme la peste. Il posa la main sur la tête de Dodi, et elle leva vers lui ses yeux gris-bleu noyés de larmes. En dépit des circonstances, il ne put s'empêcher d'être fasciné par leur beauté. Comment décrire leur couleur ? Il pouvait juste dire qu'ils lui évoquaient une brume légère éclaboussée de soleil et de pluie.

La première fois qu'il l'avait remarquée, six ans plus tôt environ, il entrait dans un restaurant avec Anju à son bras. Il avait tout de suite remarqué la rousse qui riait avec sa sœur, vêtue d'une robe bain-de-soleil à grands motifs de couleurs vives. *Jolie,* avait-il pensé. Et si c'était une amie de Thadie, sans doute un peu rebelle. Puis quelqu'un était venu vers lui pour lui présenter ses félicitations, et Dodi était sortie de son esprit. Trop de morts s'étaient succédé depuis ce jour où Anju et lui s'étaient mariés dans l'intimité. Trop de larmes avaient été versées, trop de nuits d'insomnie avaient été hantées par des fantômes.

Jago dégagea doucement le cadre des bras de Dodi et le posa sur la coiffeuse derrière lui. Il savait ce qu'elle endurait aujourd'hui et ce qui l'attendait à partir de demain. Il avait enterré sa femme et son père à quelques mois d'intervalle, et après leurs funérailles il avait passé de nombreuses soirées à disséquer son mariage de convenance, ainsi que sa relation mouvementée avec son père. Au cours des prochains mois, Dodi se livrerait sans doute elle aussi à une intense introspection. Mais contrairement à lui, elle ne partagerait pas cette période de deuil avec un frère et une sœur. Thadie, généreuse et loyale, faisait de son mieux pour la soutenir, mais elle ne pouvait pas rester à son côté vingt-quatre heures sur vingt-quatre.

Le cœur de Jago, déjà lourd, se serra encore. Il s'assit sur le lit à côté de Dodi et lui passa la main dans le dos. Chacune de ses vertèbres était palpable. Elle était si mince, si menue... Et si jeune, à vingt-quatre ans.

— Comment ça va, Elodie Kate ?

Il sentit son petit hoquet plus qu'il ne l'entendit. Des années plus tôt il avait décidé que son prénom désuet s'accordait bien avec son visage délicat et sa silhouette fine. À sa connaissance il était la seule personne à l'appeler ainsi. Cela ne lui plaisait pas, il le savait, mais pour sa part il aimait son prénom. Visiblement épuisée, elle posa la tête sur son épaule sans protester. Il était vrai que face à la mort certaines contrariétés devenaient dérisoires.

— J'ai l'impression qu'on m'a amputé d'une partie de mon âme. C'est tellement injuste, Jago. Lily n'était pas si vieille.

Il hocha la tête. Il ne connaissait pas très bien la grand-mère de Dodi mais, d'après Thadie, Lily était une femme pleine de charisme et d'énergie. Elle avait recueilli Dodi quand elle était adolescente, et les deux amies l'adoraient. La mort de Lily allait laisser un grand vide dans la vie de Thadie et un manque abyssal dans celle de Dodi.

Dodi se blottit contre lui et posa la main sur son torse. À sa grande consternation, il fut transpercé par une flèche de désir. Qu'est-ce que… ? C'était la meilleure amie de sa sœur, bon sang ! Il était monté dans cette chambre pour la réconforter, pas pour la séduire ! Elle était terriblement malheureuse mais il mourait d'envie de savoir si sa bouche était sucrée ou épicée. Que lui prenait-il ? Non seulement Dodi était en deuil, mais elle avait aussi neuf ans de moins que lui. Quant à lui, il avait perdu sa femme depuis un an à peine. Sa réaction était aberrante. Peut-être. Mais tenir Dodi dans ses bras était une véritable torture.

Déglutissant péniblement, Jago passa la main devant ses yeux et tenta de s'écarter de Dodi. Mais elle se blottit encore plus étroitement contre lui comme si elle recherchait sa chaleur. Elle s'essuya les yeux avec la paume de ses mains et il eut un pâle sourire. Ses neveux faisaient la même chose quand ils étaient contrariés ou fatigués.

— Lily m'a laissé sa boutique, murmura-t-elle. Mais je ne pense pas que je vais pouvoir la reprendre.

Il passa son bras autour de ses épaules.

— Pourquoi ?

— Parce que je me sens piégée.

Avant qu'il ait le temps de lui demander d'expliquer ce commentaire étrange, elle ajouta :

— Nous faisions tout ensemble. Sans elle je suis perdue.

Qu'était-il censé répondre à cela ? Il était résolument indépendant et imperméable aux émotions. Il n'avait pas les mots pour la réconforter... Elle laissa échapper un sanglot étranglé.

— Jago, que vais-je faire ? murmura-t-elle, le visage ruisselant de larmes.

Il se sentait un peu dépassé... mais quelle importance ? Il était prêt à tout pour alléger sa souffrance.

— Que puis-je faire, Dodi ? Dis-moi, mon ange, comment puis-je t'aider ?

Elle leva la tête, et des étincelles jaillirent de ses yeux couleur d'orage. Elle se tourna légèrement pour appuyer son front contre le sien.

— Aide-moi à oublier, Jago, ne serait-ce qu'un petit moment. S'il te plaît, donne-moi juste un peu d'oubli.

Lorsque sa bouche effleura la sienne, il fut électrisé. Il tenta de se dérober, mais elle glissa la langue entre ses lèvres tout en promenant les mains sur son torse. Comment résister ? Elle avait un goût de menthe et de folie. Ce n'était ni le moment ni le lieu, elle était bouleversée, elle ne se contrôlait plus. Il savait tout ça, mais c'était plus fort que lui. Il avait besoin de savourer sa bouche, de sentir son corps contre le sien. Ses fesses étaient plus rondes qu'il ne s'y attendait, ses hanches, plus pleines... Il glissa la main sous sa robe et frissonna en même temps qu'elle. Jamais il n'avait été en proie à un désir aussi irrépressible. Sa peau était soyeuse, ses cheveux, délicieusement parfumés et son cœur, comme le sien, battait à tout rompre. Il mourait d'envie de la voir nue, d'explorer son corps, de sentir ses longues jambes se nouer autour de sa taille... Oubliant où ils se trouvaient, qui ils étaient, Jago renversa Dodi sur le lit. Sa main remonta le long de sa cuisse tandis que leurs bouches se mêlaient dans un baiser enflammé. Le temps s'arrêta, le monde cessa de tourner. Plus rien n'existait que la bouche brûlante de Dodi, le corps frémissant de Dodi...

La voix de Thadie qui appelait Dodi dans le couloir fit à Jago l'effet d'un coup de tonnerre. Dodi bondit sur ses pieds. Il tentait encore de comprendre pourquoi ses bras étaient subitement vides quand elle sortit dans le couloir et referma la porte derrière elle. Il se redressa lentement et resta assis au bord du lit pendant un long moment, la tête entre les mains, furieux contre lui-même. Puis il se leva, sortit de la chambre, descendit au rez-de-chaussée et quitta la maison.

Il avait perdu le contrôle de lui-même et c'était inacceptable. Désormais il éviterait Dodi.

1

Cinq ans plus tard

Derrière la porte vitrée de Love & Enchantment, la boutique de robes de mariée qu'elle avait héritée de sa grand-mère Lily, Dodi Davis s'efforçait d'ignorer un serrement de cœur familier. N'était-il pas indispensable que la propriétaire d'une boutique proposant des tenues de rêve à des futures mariées enthousiastes soit elle-même... enthousiaste ?

Ou, au minimum, qu'elle croie au mariage et à l'amour ?

— Ça n'a pas marché avec Dan, mais quand tu trouveras l'homme de ta vie tu verras les choses autrement, ma chérie, lui avait assuré Lily quelques jours avant sa mort, cinq ans plus tôt.

Elle n'avait pas voulu contredire la femme qui lui avait toujours apporté un soutien indéfectible, la seule adulte qui l'avait aimée et traitée comme quelqu'un qui comptait. Quelques semaines après le diagnostic dévastateur de la maladie de Lily, elles avaient discuté de sa mort prochaine et de ses dispositions testamentaires. D'après les médecins, il lui restait trois mois à vivre, au mieux. Cette conversation avait été terriblement douloureuse. En larmes, elle n'avait pas pu se résoudre à dire à Lily qu'elle avait connu le pire aspect de l'amour, qu'elle n'y croyait plus du tout et qu'elle n'avait aucune envie de passer sa vie à promouvoir cette escroquerie.

Ravagée par le cancer, Lily n'avait pas besoin qu'on lui rappelle que son fils et sa belle-fille avaient eu des vies pour le moins mouvementées. Dodi avait trois ans quand ses parents s'étaient séparés, quatre quand ils avaient divorcé. Douze quand ils s'étaient remariés et quinze quand ils avaient divorcé pour la seconde fois. Entre-temps son père s'était marié une fois et sa mère, deux. Elle se souvenait vaguement d'une belle-mère et de deux beaux-pères, mais elle ne savait plus combien d'amants et de maîtresses elle avait rencontrés au fil des années.

Pour ses parents, l'amour était indissociable de la passion et ils aimaient la variété. Leur fille n'était qu'un dommage collatéral, un colis encombrant perdu et oublié dans leur quête sans fin de la prochaine passade. Environ un mois avant la mort de Lily, Dodi avait reçu un appel qui lui avait brisé le cœur. Une femme lui avait annoncé qu'elle avait une liaison avec Dan – son premier ami, son premier amant, l'homme avec qui elle comptait passer sa vie. Elle avait aussitôt pris la défense de Dan, protestant avec véhémence et affirmant que c'était un homme loyal. Mais la femme en question avait des preuves. Des photos, des SMS, et des reçus de carte bancaire qui ne laissaient aucun doute sur la véracité de ses affirmations. Elle avait précisé que Dan lui avait raconté leur histoire et que selon lui il n'avait pas cessé de la manipuler et de lui mentir depuis leur rencontre au collège. Hébétée, Dodi avait décidé d'attendre pour affronter Dan, d'abord parce qu'elle avait besoin de tout son courage pour accompagner Lily dans ses derniers jours, ensuite parce que sa grand-mère adorait Dan et qu'elle avait voulu lui éviter une cruelle déception juste avant sa mort.

Lily avait vécu un grand amour, interrompu prématurément

par la crise cardiaque qui avait emporté son mari. Elle croyait à l'amour, elle aimait son travail et elle adorait son unique petite-fille. Elle avait donc tout naturellement légué à Dodi Love & Enchantment, sa boutique de robes de mariée renommée située à Melville, une banlieue bohème de Johannesburg, capitale économique de l'Afrique du Sud.

Dodi aimait cette ville, qui s'était développée à la suite de la découverte d'un gisement d'or au xixe siècle et qui était devenue l'une des plus grandes du continent. Elle aimait son dynamisme, l'animation qui régnait dans les rues, le mélange des cultures et des communautés, la diversité des quartiers. Love & Enchantment proposait le choix le plus vaste de robes de mariée et de tenues de demoiselle d'honneur du pays, créées par les stylistes les plus talentueux de la planète. Dodi appréciait la beauté des robes et des accessoires qu'elle vendait mais elle ne croyait ni à l'amour ni au mariage. Si bien qu'elle avait le sentiment d'être une mystificatrice.

Elle avait étudié le stylisme à l'université, puis elle avait complété sa formation par un diplôme de gestion dans l'intention de voyager avant de travailler dans le secteur de la mode en tant qu'analyste de tendances ou acheteuse. Elle avait rêvé de parcourir le monde et de nouer des relations avec les grands stylistes qu'elle admirait. Elle était diplômée depuis quelques mois quand Lily était morte et qu'elle avait hérité de Love & Enchantment. Ses deux diplômes lui permettaient de gérer la boutique de manière avisée, et celle-ci lui assurait des revenus confortables. Cependant, elle était frustrée de ne pas avoir pu suivre la voie qu'elle avait choisie au départ. Et en même temps elle se culpabilisait d'être frustrée, parce qu'elle se sentait ingrate vis-à-vis de Lily.

Dodi jeta un coup d'œil à la grosse pendule murale. Encore une demi-heure avant son rendez-vous top secret après la fermeture. Tout le personnel était parti et elle allait s'occuper seule de la prochaine mariée et de son entourage. À cette pensée, Dodi eut un sourire attendri. Les rendez-vous se multipliaient depuis que Thadie Le Roux, influenceuse *body positive* et membre de la haute société de Johannesburg, avait annoncé sur Instagram qu'elle achetait ses deux robes de mariée – une pour l'église, une pour la réception – chez Love & Enchantment. Tout le monde voulait suivre son exemple, ce qui n'avait rien d'étonnant. Sa meilleure amie n'était pas seulement belle. Elle avait le sens de l'humour, les pieds sur terre et des millions d'autres qualités. Thadie se mariait à la fin du mois de mai avec un célèbre et vénéré joueur de rugby devenu commentateur sportif. Ayant conduit son équipe très jeune et expérimentée à la victoire en Coupe du monde, Clyde était un héros national adoré de tout le pays. Dodi appuya sa bouteille d'eau contre son front avec un petit soupir. Si seulement elle pouvait éprouver un peu plus de sympathie pour le fiancé de sa meilleure amie... Clyde avait toujours été charmant avec elle, mais il y avait chez lui quelque chose qui la chiffonnait. Se méfiait-elle de tous les hommes à cause des relations dysfonctionnelles de ses parents et de la trahison de Dan ? Peut-être.

Par la vitrine de la boutique, Dodi vit Jago Le Roux qui traversait la rue. Vêtu d'un costume italien sur mesure, il était d'une élégance irréprochable, comme à son habitude, malgré la chaleur de cette soirée d'été. L'espace d'un instant elle fut transportée cinq ans en arrière. Au souvenir de leur baiser passionné, le soir des funérailles de Lily, elle fut parcourue d'un long frisson. Pendant des semaines, avant et après la mort de Lily, elle avait eu le sentiment d'être enfermée dans une bulle glacée, séparée du monde extérieur. Le baiser de Jago avait percé fugitivement cette bulle de peine et de solitude. L'espace de cinq – dix ? – minutes, elle s'était sentie vivante, féminine, forte. Si Thadie ne les avait pas interrompus, jusqu'où seraient-ils allés ? Très loin, sans doute... Grand, mince, énigmatique, Jago Le Roux était sans doute l'homme le plus séduisant qu'elle ait jamais rencontré. Et bien sûr, comme n'importe quelle femme normalement constituée, elle était irrésistiblement attirée par lui. Mais ce n'était que du désir. Une réaction purement biologique. Or une des leçons qu'elle avait apprises auprès de ses parents et de son ex, c'était que le désir était éphémère. Aussi volatile que la brume matinale des journées d'été. Il pouvait vaincre l'ennui, faire passer un bon moment ou, comme après les funérailles de Lily, apporter un peu de réconfort. Mais il ne signifiait rien et ne durait jamais.

Dodi déverrouilla la porte de la boutique et l'ouvrit. Quand Jago entra, elle ne put s'empêcher de humer son parfum et d'admirer les longs doigts fins qu'il passait dans ses cheveux châtains, toujours plus clairs en été, comme sa barbe de trois jours. Le soleil déclinant teignait de rose orangé les robes suspendues aux barres de cuivre qui couraient tout autour du salon central de la boutique. Avec ses poutres apparentes, ses lucarnes, son mobilier ancien et ses nombreux miroirs qui s'élevaient du sol jusqu'au plafond, celui-ci paraissait immense tout en offrant une atmosphère intime et chaleureuse. Des roses, des pois de senteur et des pivoines parfumaient discrètement l'atmosphère.

— Bonjour, Dodi.

— Bonjour, Jago.

Lorsque son regard rencontra celui de Jago, Dodi sentit son cœur faire un bond dans sa poitrine. Ses yeux gris argent aux reflets changeants l'avaient toujours fascinée. Bien qu'amie avec sa sœur depuis l'adolescence, elle ne connaissait que de loin l'aîné des frères Le Roux. Micah, son jumeau né quelques minutes après lui, était d'un abord plus facile. Distant, réservé, Jago semblait inaccessible. Et si ses yeux argentés étaient splendides, en ce moment même leur regard était beaucoup trop pénétrant à son goût. Pourquoi la déstabilisait-il à ce point ? À presque trente ans, elle devrait pouvoir admettre qu'elle était attirée par cet homme et prendre ça à la légère. Mais non, le simple fait de le regarder lui donnait l'impression d'être sur des montagnes russes. C'était ridicule !

— Je suis content que tu sois seule.

Elle fut parcourue d'un long frisson. Cette voix profonde était d'une sensualité incroyable. S'efforçant de masquer son trouble, elle ferma la porte de la boutique, la verrouilla et se retourna dans l'intention de s'écarter de lui. Mais elle trébucha et il la retint de justesse avant qu'elle s'étale de tout son long. Électrisée, elle inspira profondément. Oh ! comme il sentait bon ! Elle mourait d'envie d'enfouir le visage dans son cou… Elle leva les yeux, et des étincelles jaillirent tout le long de son épine dorsale. Le regard de Jago était fixé sur ses lèvres… Sa bouche avait-elle toujours ce goût inoubliable ? Ses baisers étaient-ils toujours aussi brûlants ? L'espace d'une seconde, elle vit une lueur de tentation s'allumer dans son regard. Mais presque aussitôt son visage se ferma et ses yeux argent perdirent leur éclat. D'accord, le moment était passé… Mais au fait, qu'avait-il dit en arrivant ? Elle s'éclaircit la voix.

— Pourquoi voulais-tu me voir seule ?

Il ne répondit pas tout de suite. Serait-il aussi déstabilisé qu'elle ? Non, impossible. Jago Le Roux, le trader le plus redoutable de Johannesburg gardait le contrôle de lui-même en toutes circonstances. *Dans la chambre de Lily, il ne se contrôlait plus du tout… Stop !*

— Je voulais te voir avant que les autres arrivent parce que je veux payer les robes de Thadie, répondit-il en sortant de sa poche intérieure un fin portefeuille.

Elle hocha la tête. Thadie lui avait dit en effet que ses frères paieraient ses robes, celles des demoiselles d'honneur et tous les frais du mariage. Ils l'avaient accompagnée à la boutique plusieurs mois plus tôt pour l'aider à choisir sa robe. Aussi dépassés l'un que l'autre par cette mission, mais s'efforçant de le cacher. Qu'ils reviennent pour le dernier essayage était révélateur de l'étroitesse des liens qui les unissaient à leur sœur. Ils remplaçaient leur père, décédé cinq ans plus tôt. Ça avait été une année terrible à la fois pour elle et pour les Le Roux, avec la disparition d'Anju, la femme de Jago, en janvier, puis de Theo, le patriarche Le Roux en mars, et enfin celle de Lily six mois plus tard. Les funérailles avaient été beaucoup trop nombreuses cette année-là.

— Je peux payer par carte ?

La voix de Jago ramena Dodi au présent.

— Bien sûr, je vais chercher le terminal dans mon bureau à l'étage.

Quand elle redescendit, elle s'installa dans un des canapés disposés dans la boutique et fit signe à Jago de l'imiter. Il prit le temps d'enlever sa veste et de rouler les manches de sa chemise, révélant des avant-bras musclés recouverts d'une fine toison dorée. Et ses longs doigts fins étaient décidément très beaux. Elle avait un faible pour les mains... *Regarde la vérité en face ! Tu as un faible pour Jago.*

Il s'assit, desserra le nœud de sa cravate et ouvrit son col de chemise. Détournant les yeux de son cou bronzé elle ouvrit le dossier qu'elle venait de prendre dans son bureau et lui tendit la facture en réprimant une grimace. La note était salée... La question du prix des deux robes commandées par Thadie n'avait jamais été abordée. Les modèles réalisés sur mesure pour les influenceuses de la haute société n'étaient pas donnés. Les frères Le Roux avaient largement les moyens de les payer, mais le montant de la facture allait sans aucun doute causer un choc à Jago.

Comme elle s'y attendait, il écarquilla les yeux.

— Il doit y avoir une erreur, Dodi.

Elle secoua la tête.

— Pas du tout. Et j'ai appliqué la réduction du prix d'ami.

Non seulement Thadie était sa meilleure amie, mais l'avoir comme cliente lui avait valu un buzz fantastique sur les réseaux sociaux.

— Quarante-deux mille dollars US ? Vingt pour une robe et vingt-deux pour l'autre ?

— Ce sont des modèles exclusifs de Paulo Du Pont. Un des grands créateurs de robes de mariée les plus renommés. Et ils ont été confectionnés à Milan.

— À ce prix-là je pourrais m'acheter une voiture.

Dodi se cala dans son siège et croisa les jambes. Il n'y avait pas à s'inquiéter. Jago et Micah, ayant hérité de la multinationale bâtie par leur père à partir de la petite épicerie qu'il avait ouverte à vingt ans, étaient aussi fortunés l'un que l'autre. Les jumeaux Le Roux possédaient des gisements aurifères, des usines, des centres commerciaux, des fermes, des hôtels et des chaînes de boutiques en Afrique du Sud et à l'étranger. Dire qu'elle trouvait déjà épuisant de gérer une seule boutique ! Comment les deux frères parvenaient-ils à jongler avec de multiples sociétés, des milliers d'employés et plusieurs milliards de dollars d'actifs ? En tout cas, ils étaient efficaces parce que Le Roux International ne cessait pas de se développer. En tant qu'actionnaires, Jago, Micah, Thadie et Liyana – la mère de Thadie et seconde épouse de Theo – figuraient en tête de liste des plus grandes fortunes du pays.

Elle-même n'était pas à plaindre. En plus de la boutique, elle avait hérité de la maison de Lily dans le luxueux complexe de Blair Atholl, au nord-est de la ville. Cependant, les Le Roux jouaient dans une tout autre catégorie.

Lorsque Dodi rendit sa carte à Jago, leurs doigts se frôlèrent, et elle fut assaillie par une bouffée de désir. Un désir partagé, à en juger par la lueur qui s'était allumée dans les yeux argent.

Oh ! comme elle avait envie de l'embrasser ! Les yeux de Jago se posèrent sur ses lèvres, et elle sentit son cœur s'affoler.

— T'arrive-t-il de penser au baiser que nous avons échangé il y a cinq ans ? demanda-t-il en lui caressant le pouce.

Bien sûr ! Tous les jours. Et souvent plusieurs fois dans la journée... Mais pas question de l'avouer.

— Et toi ? rétorqua-t-elle dans un murmure.

— Oui.

Quand ? *Souvent* ? *Quel souvenir ça t'a laissé exactement* ? Elle réprima l'envie de poser ces questions à voix haute. Du calme. C'était un simple baiser qui remontait à cinq ans. Rien de spécial... Elle plia la facture en deux, la tendit à Jago et indiqua le terminal.

— Je vais remettre ça et le dossier de Thadie dans mon bureau pour éviter qu'elle tombe dessus.

— Bonne idée. Si elle voit le prix des robes, elle va insister pour les payer elle-même et il n'en est pas question. Son mariage est notre cadeau pour elle et Clyde.

Elle crut déceler une légère réticence dans la voix de Jago à la mention de son futur beau-frère. Aurait-il lui aussi des doutes sur Clyde ? Non, elle se faisait sûrement des idées. Et elle était injuste avec Clyde. Comme elle le savait parfaitement, s'intégrer dans le clan des Le Roux n'était pas facile. Puissants, très riches et pleins d'assurance, les frères de Thadie étaient intimidants. Elle connaissait la famille depuis une dizaine d'années mais, quand elle était invitée à une réunion de famille à Hadleigh House, elle se sentait encore comme une étrangère. Clyde avait besoin de temps pour s'adapter.

Elle ne put s'empêcher d'admirer le visage hâlé de Jago. Il avait trente-huit ans, et l'accumulation de longues journées de travail avait creusé de fines rides au coin de ses paupières et de ses lèvres. Même les hommes les plus beaux ne pouvaient pas empêcher la vie de laisser ses marques sur leur visage.

Mais pourquoi mourait-elle d'envie de caresser son front soucieux pour en effacer les plis ? De le prendre dans ses bras pour atténuer son stress ? Puis de l'entraîner dans son lit pour l'aider à tout oublier ? Waouh ! D'où sortait tout ça ?

Ils étaient en train de parler du mariage de Thadie, et son imagination – ou sa libido – débridée la faisait dévier dans une tout autre direction. *Assez, Davis !* Ils avaient juste eu un moment d'égarement des années plus tôt, rien de plus ! Jago Le Roux était le frère de sa meilleure amie. Il était tabou. Et trop beau, trop riche, trop puissant pour elle. Trop tout. *Reprends tes esprits, Davis !*

2

Tandis que Dodi remontait à l'étage, Jago jeta un coup d'œil à sa montre et soupira. Il aurait cent fois préféré être dans son bureau en train de travailler. Il ne se sentait pas à sa place dans ce décor ultra-féminin... Les coudes appuyés sur les genoux, il consulta sa messagerie sur son téléphone. Parmi les mails, il y en avait un dont l'objet était « Lagos ». Il faillit l'ouvrir puis il se ravisa. Ce message concernait un centre commercial qu'ils construisaient dans la ville ; or l'immobilier, la grande distribution et l'hôtellerie étaient le domaine de Micah. Et de son côté il avait déjà assez de travail avec les sociétés qu'ils possédaient dans les secteurs minier, industriel et agricole.

Alors que de nouveaux messages arrivaient, Jago éprouva soudain une immense lassitude. Il éteignit l'écran de son téléphone et le posa à côté de lui sur le canapé en se massant la nuque. Le travail ne s'interrompait jamais. Il recevait des mails vingt-quatre heures sur vingt-quatre, sept jours sur sept. Micah et lui auraient bien eu besoin d'un clone ou deux chacun. Voilà pourquoi il n'avait ni le temps ni l'énergie nécessaires pour assister à des essayages. Il n'aurait pas été là si ce n'avait pas été pour Thadie.

Jago regarda Dodi qui traversait le salon au milieu des robes de mariée. C'était seulement la deuxième fois qu'il venait dans sa boutique – et il n'en connaissait pas d'autre. Anju, la mariée la moins romantique du monde, portait un tailleur-pantalon crème pour leur mariage civil, et elle ne s'était pas encombrée d'un bouquet. Une fois les formalités accomplies, ils étaient retournés l'un et l'autre au travail, et le soir ils avaient dîné avec leurs deux familles au restaurant. Ils n'avaient fait aucune dépense exceptionnelle. Pour le mariage de Thadie, le total des factures approchait du million. Sinon plus. Dire que les robes de Dodi coûtaient le même prix qu'une voiture ! *Chacune.* Le champagne était importé, comme le caviar. Les traiteurs étaient les meilleurs du pays, et le spectacle devait être assuré par un auteur-compositeur renommé de Los Angeles dont il n'avait jamais entendu parler. Jago se frotta la mâchoire en soupirant. Son père aurait tenu à offrir à Thadie tout ce qu'elle souhaitait. C'était sa préférée, la prunelle de ses yeux, celle qui ne méritait que des louanges. C'était au moins un point sur lequel il avait été d'accord avec son père. Thadie, avec ses jumeaux, était le soleil de leur vie.

Jago regarda la fine silhouette de Dodi, admirant les boucles qui ruisselaient dans son dos, tandis qu'elle redressait au passage un tableau accroché au mur. Au fil des années, ses cheveux roux ardent, qui encadraient un visage criblé de taches de rousseur, avaient viré au brun cuivré. Après avoir perdu le contrôle de lui-même le soir des funérailles de Lily, il avait évité Dodi le plus possible. Les rares fois où il s'était trouvé dans le même endroit qu'elle, il avait fait de son mieux pour l'ignorer, se comportant comme si leur baiser n'avait rien eu d'exceptionnel pour lui. Avant ce triste jour, les baisers n'avaient été qu'une étape sur le chemin de la destination finale, la jouissance. Une étape agréable, certes, mais pas indispensable. Tout avait changé quand il avait embrassé Dodi. Il ne l'avouerait jamais, même sous la torture, mais quand leurs bouches s'étaient rejointes il avait eu l'impression de subir une profonde métamorphose. Pour la première fois depuis des années, il s'était senti vivant. Et totalement incapable de se maîtriser. Il serait éternellement reconnaissant à Thadie d'avoir choisi ce moment pour appeler Dodi. Elle lui avait sauvé la mise.

Malheureusement, son attirance pour Dodi était toujours aussi vive. Quand il l'avait retenue tout à l'heure pour l'empêcher de tomber, la réaction avait été immédiate. Le contact furtif de son corps mince et souple, la fraîcheur subtile de son parfum et l'éclat de ses yeux envoûtants l'avaient rendu fou de désir. Jago se passa la main sur le visage. Pour quelle raison le mettait-elle dans cet état ? Était-ce parce qu'il n'avait pas touché une femme depuis longtemps ? Peut-être devrait-il prévoir une visite à une de ses vieilles amies prêtes à l'accueillir dans leur lit sans chercher à le retenir plus de quelques heures. Pour lui – même avec Anju – le sexe avait toujours été un défouloir, un moyen de se libérer des tensions. Aussi nécessaire que le sport ou le sommeil.

Que Dodi – la meilleure amie de sa sœur ! – provoque chez lui ce genre de réaction indiquait clairement qu'il était en manque. Un problème à résoudre au plus vite. Jago promena son regard autour de lui en réprimant une moue de dérision. Toutes ces robes de mariée… Il y en avait pour tous les goûts. De la plus simple à la plus extravagante, relativement accessibles ou atteignant des prix astronomiques. Pourquoi les femmes étaient-elles prêtes à dépenser autant d'argent et d'énergie pour ressembler le temps d'une journée à une version photoshopée d'elles-mêmes ? Et pour commencer, pourquoi tenaient-elles tant à se marier ? Lui-même avait déjà vécu l'expérience. Était-il prêt à la renouveler ? Non. Pas parce qu'il avait été malheureux pendant son mariage – il n'avait pas été particulièrement heureux non plus, à vrai dire – mais parce que le mariage était une institution désuète qui n'avait plus grand intérêt dans le monde actuel. Il avait vingt-sept ans quand il s'était marié. Anju et lui avaient régularisé leur situation parce que, bien qu'étant une excellente neuroscientifique promise à un brillant avenir, elle éprouvait le besoin d'assurer sa sécurité financière via une union légale reposant sur un solide contrat de mariage. Parce qu'elle avait des qualités qu'il appréciait – elle n'était pas sentimentale, n'exigeait pas qu'on l'aime mais appréciait le sexe et les voyages –, il avait accepté ses conditions. Supérieurement intelligente, elle ne voulait pas d'enfants et se moquait qu'il soit le fils d'un multimilliardaire. Avoir un toit au-dessus de la tête et un réfrigérateur abondamment garni lui suffisait. Atout supplémentaire, elle était aussi allergique que lui à la passion. Il supposait qu'ils s'aimaient et, quand elle était morte, il l'avait pleurée. Mais la vie continuait. Cinq ans après sa disparition il était toujours célibataire et allergique à la passion.

Il gardait trop de souvenirs tumultueux de son enfance, que ce soit avant ou après la mort de sa mère, quand il avait neuf ans. Son père était considéré comme un homme charismatique et brillant, mais pour lui il était avant tout versatile et brutal. Il avait passé toute son enfance sur un volcan dans la crainte des éruptions qui risquaient de les ensevelir sous la lave en fusion lui, sa mère et son frère. Avec Theo ils ne savaient jamais à quoi s'en tenir, l'atmosphère pouvant passer du rire aux larmes en quelques secondes. Son père était capable de danser un slow langoureux avec son épouse dans la cuisine puis de fracasser dans la foulée un verre contre le mur.

Jago faisait tout son possible pour maintenir la paix en tentant d'anticiper les tempêtes et de les faire dévier de leur trajectoire. Cependant, rien ne pouvait laisser prévoir que sa mère trouverait la mort dans une collision frontale ni que Theo entamerait une liaison six semaines après ses funérailles. Le mariage de son père avec Liyana quatre mois après la mort de sa mère l'avait profondément traumatisé. Et une fois que

Liyana s'était installée chez eux, ça avait été comme si sa mère n'avait jamais existé. Refusant de parler d'elle, son père avait fait refaire la décoration de la maison, supprimant toutes les touches personnelles qu'elle y avait apportées. Il avait donné toutes ses affaires – bijoux, vêtements, objets d'art – à une organisation caritative. Enfin il avait jeté toutes les photos de famille, effaçant toute trace de sa présence dans leur vie comme un chirurgien qui pratique l'ablation d'une tumeur. Avant d'avoir atteint la puberté, Jago avait décidé que l'amour était synonyme de passion destructrice et qu'il ne voulait rien avoir affaire avec lui.

Un coup frappé à la porte de la boutique arracha Jago à ses pensées. Il tourna la tête et vit son jumeau, Micah, et Thadie sous l'auvent vitré couleur pêche. Dodi ayant disparu, il se leva et alla déverrouiller la porte. Thadie entra dans la boutique suivie par une de ses demoiselles d'honneur, Alta, la demi-sœur de Clyde, publicitaire. Ne l'ayant rencontrée qu'une seule fois Jago lui tendit la main, mais elle lui fit une bise sur chaque joue. Micah lui adressa un petit sourire narquois qui le laissa perplexe. Micah savait bien qu'il ne pouvait pas être attiré par Alta. Elle était trop agressive à son goût. Pourquoi Thadie l'avait-elle invitée à son mariage ? C'était sans doute une demande de Clyde. Il ne voyait pas d'autre explication. Et si Alta avait accepté d'être demoiselle d'honneur, c'était sûrement pour pouvoir veiller à ce qu'aucun accroc dans l'organisation du mariage ne risque de nuire au prestige de Clyde…

Thadie serra Jago dans ses bras. Elle avait les pommettes saillantes, le teint mat, et la haute taille de sa célèbre mère, mais il la voyait toujours comme une gamine aux yeux écarquillés et aux genoux écorchés. Dans son esprit, elle n'avait absolument pas l'âge d'avoir des enfants ni de se marier. Il l'adorait. Elle s'écarta de lui, promena son regard sur la boutique et poussa un long soupir.

— J'adore cet endroit et je m'attends toujours à voir mamy Lily arriver de la réserve avec un sourire radieux.

— Tu l'aimais beaucoup, n'est-ce pas ?

Elle eut un sourire attendri.

— Oui. Elle était fantastique. Dodi lui ressemble beaucoup.

Elle regarda par-dessus son épaule et son sourire s'élargit.

— Hé, toi !

Dodi venait d'arriver, comprit-il. Les deux amies étaient toujours ravies de se voir. Il se retourna, et son cœur stupide fit un bond dans sa poitrine. Dodi s'était recoiffée, elle avait remis du rouge à lèvres et elle brandissait deux housses à vêtements qui frôlaient le sol. Il les lui prit des mains. Elle le remercia, salua Micah et Alta, puis sourit à Thadie qui sautillait d'un pied sur l'autre, tout excitée.

— Ce sont mes robes ?

Dodi arqua les sourcils.

— Tes robes ? Quelles robes ? Tu m'as commandé des robes ?

Thadie roula les yeux et tendit la main vers la fermeture Eclair d'une des deux housses.

— Fais voir.

Dodi lui donna une tape sur la main.

— Un peu de patience, Thads.

Elle indiqua le coin bar situé au fond du salon. Sur une console étaient posés un seau à champagne et des flûtes.

— Prends un verre et viens avec moi dans un des salons d'essayage pour voir ce que ça donne.

— J'espère que ce sera parfait, fit Alta en tapotant sa montre d'un ongle écarlate. Il ne reste plus beaucoup de temps. Si les robes ne vont pas à Thadie, vous allez avoir de gros problèmes.

Fasciné, Jago vit les yeux de Dodi virer au gris anthracite et son visage se fermer.

— Nous n'avons pas l'habitude de commettre des erreurs de ce genre, Alta.

Alta arqua ses sourcils trop fins.

— J'espère, parce que, comme vous le savez, c'est le mariage de l'année.

Les yeux de Dodi brillèrent d'un éclat inquiétant, et Jago retint son souffle dans l'attente d'une réplique cinglante. Mais Dodi se tourna vers Thadie et lui prit la main en souriant.

— Lily reviendrait me hanter pour me mener la vie dure si nous rations tes robes, Thads, tu le sais.

Se tournant vers l'entrée de la boutique, Jago vit arriver sa belle-mère, Liyana, et les deux autres demoiselles d'honneur.

— Micah, peux-tu ouvrir la porte pour moi ? demanda Dodi. Ensuite sers le champagne, s'il te plaît. Je vais m'occuper de l'essayage des robes de Thadie. Puis nous choisirons celles de la mère de la mariée et des demoiselles d'honneur. D'accord ?

Non. Jago réprima un soupir. Combien de temps ce cauchemar allait-il durer ? Sans attendre de réponse de Micah, Dodi entraîna Thadie vers un salon d'essayage. Tandis qu'il les suivait avec les housses, Jago l'entendit déclarer :

— Il est possible que quelques retouches minimes soient nécessaires, Thads. Mais étant donné que les robes sortent de l'atelier de Paulo Du Pont, je suis sûre qu'il n'y aura pas de problèmes majeurs.

Jago roula les yeux dans le dos des deux amies. À vingt mille dollars US la robe, il fallait l'espérer !

Dodi ferma la porte de la boutique derrière Thadie, Liyana et les demoiselles d'honneur, puis elle enleva ses escarpins à talons et se dirigea vers le coin bar. Elle tressaillit en voyant Jago debout devant la fenêtre qui donnait sur le petit jardin adjacent à la boutique. Elle avait eu fort à faire avec la mère de Thadie – ex-top model experte en matière de mode – et la très difficile Alta qui avait eu des critiques à formuler au sujet de chacune des tenues de demoiselle d'honneur qu'elle avait proposées. Micah s'était excusé après avoir vu les robes de Thadie, et elle était persuadée que Jago était parti avec lui. Quelle surprise de le voir là ! Une surprise très excitante, à vrai dire... Mais elle ferait mieux de se calmer. Oui, il était super sexy, mais il était inaccessible. Et de toute façon, elle avait fait une croix sur les relations amoureuses. Elle ne savait jamais à quoi s'attendre de la part des gens en général et des hommes en particulier.

— Tu es encore là, dit-elle alors qu'il ramassait les flûtes.

— Je me suis dit que je pourrais t'aider à ranger.

Jago Le Roux, l'aider à ranger ? Décidément, elle allait de surprise en surprise. Jago était né avec une cuillère en argent dans la bouche, et la famille Le Roux avait depuis toujours à son service un majordome et une armée d'employés de maison. Jago avait-il déjà fait son lit ou la vaisselle ? Sans doute pas.

— Où veux-tu que je mette ça ? demanda-t-il.

Elle eut une hésitation. Tout ce cristal si fragile dans ces grandes mains...

— Euh... Je vais aller chercher un plateau dans la cuisine.

— Inutile, dit-il en ramassant le reste des flûtes. Je vais les porter là-bas. C'est où ?

Elle lui donna les indications – au bout du couloir, dernière pièce sur la droite –, et il fut de retour au bout de quelques minutes, l'air perplexe.

— J'ai l'impression d'avoir été transporté dans un monde parallèle, de soie et de dentelle. Combien de robes de mariée as-tu en stock ?

— En comptant la livraison d'aujourd'hui, sans doute près de trois cents.

Il écarquilla les yeux.

— Tu es sérieuse ?

— Certains modèles sont très demandés, d'autres moins.

Et quelques-uns, mais pas beaucoup heureusement, ne trouvent jamais preneur. Nous les vendons aux enchères sur Internet pour récolter des fonds pour les associations d'aide aux femmes victimes de violence conjugale.

Il s'assit sur un canapé.

— Choisis-tu les robes toi-même ou bien les créateurs t'envoient-ils un assortiment de leurs modèles ?

Dodi était de plus en plus surprise. Jamais elle n'aurait imaginé que Jago pourrait s'intéresser à sa boutique et lui poser ce genre de questions...

— Un peu des deux. À chaque nouvelle collection, ma directrice commerciale et moi, nous sélectionnons les modèles qui nous plaisent et nous passons des commandes. Les créateurs nous envoient en plus quelques modèles qu'ils estiment intéressants pour nous. Les futures mariées essaient les robes exposées en boutique et quand un modèle leur plaît nous prenons leurs mesures pour commander le modèle à leur taille.

— Les robes de Thadie n'étaient pas des modèles conçus à l'avance, n'est-ce pas ?

Dodi sourit.

— Non, en effet. Elles ont été créées spécialement pour elle.

Jago enfonça les mains dans les poches de son pantalon.

— Peux-tu m'expliquer pour quelles raisons une robe peut être vendue aussi cher ?

— Perles fines, cristaux Swarovski, soie de première qualité, broderies réalisées à la main, dentelle de Chantilly. Dois-je continuer ?

— Non, tu me donnes la migraine.

L'air sceptique de Jago fit sourire Dodi. Ce n'était pas l'argent le problème. Il ne refuserait rien à sa sœur. C'était juste que dans son esprit un vêtement ne pouvait pas avoir la même valeur qu'une voiture. Les robes de Thadie étaient de véritables œuvres d'art. Elles comptaient parmi les plus belles créations de Paulo, et elles étaient si précieuses qu'elle allait les mettre dans le coffre-fort de plain-pied de son bureau. Non seulement elles coûtaient une fortune, mais elles étaient destinées à une cliente VIP. Elle avait confiance en ses employés, qui de toute façon étaient tous liés par un accord de confidentialité, mais n'importe qui pouvait passer à la boutique et prendre une photo avec son téléphone. Or les paparazzis étaient en permanence à l'affût de renseignements sur ses clients prestigieux. Dodi se percha sur le bras d'un fauteuil. Jago semblait ému tout à coup, ce qui ne lui ressemblait pas.

— Thadie va être une mariée magnifique, déclara-t-il.

Elle hocha la tête en souriant. C'était une évidence mais il était touchant d'entendre Jago l'énoncer.

— En effet.

— Et tu t'en es bien sortie avec Alta. Elle était odieuse mais tu n'as pas perdu ton calme.

Elle haussa les épaules.

— J'ai une longue expérience dans ce domaine. Crois-moi, ce n'est pas la cliente la plus pénible que j'ai eue ce mois-ci. Ni même cette semaine.

— Moi j'aurais perdu patience au bout de cinq minutes. Bravo, Elodie Kate.

Elodie Kate ? La gorge de Dodi se noua. Sa grand-mère était la seule personne qui l'ait jamais appelée par son prénom. Oh ! comme elle lui manquait ! Lily aurait dû être là et continuer à diriger cette boutique avec son sourire chaleureux et ses paroles apaisantes pour les futures mariées angoissées, les futures mariées sur les nerfs, les futures mariées exigeantes… Contrairement à elle, sa grand-mère n'avait jamais été obligée de jouer la comédie en serrant les dents quand les clientes se pâmaient, gloussaient ou roucoulaient… Franchement, à quoi Lily avait-elle pensé quand elle lui avait légué Love & Enchantment ? Et pourquoi les compliments de Jago lui faisaient-ils un tel plaisir ? Peut-être parce qu'il était très difficile à impressionner. D'après Thadie, il était extrêmement exigeant avec ses employés. Et lui-même.

Il jeta un coup d'œil à sa montre et grimaça.

— Il faut que j'y aille. J'ai encore beaucoup de travail ce soir.

Elle leva les yeux et rencontra son regard. Son cœur fit un bond dans sa poitrine. Oh ! ces yeux ! Si étincelants, si fascinants... Il avait des yeux de sorcier. Pourquoi lui faisait-il toujours un effet aussi redoutable ? Elle mourait d'envie de sentir ses lèvres sur les siennes, ses mains dans son dos, sur ses seins, sur ses fesses... Le regard de Jago se promena sur elle, et une vive chaleur l'envahit. Pourquoi la pièce semblait-elle soudain minuscule ? Elle l'entendit murmurer un juron. Puis il se leva, la rejoignit et la hissa sur ses pieds. Glissant un bras autour de sa taille, il l'attira contre lui. Mais il suffirait de le repousser doucement pour qu'il la lâche, elle le savait. Sauf qu'elle n'en avait aucune envie. Elle se sentait si bien contre son torse puissant... Elle leva la main et traça du bout des doigts le contour de sa mâchoire. La barbe naissante qui la recouvrait était d'une douceur surprenante. Elle effleura sa lèvre inférieure du pouce et fut électrisée par le grognement qu'il laissa échapper. C'était de la folie, c'était une erreur... c'était Jago ! Mais impossible de résister à l'envie de goûter de nouveau sa bouche, de vérifier si la même passion couvait toujours derrière cette façade impénétrable. Elle se hissa sur la pointe des pieds pour poser ses lèvres sur les siennes. *Oh ! s'il te plaît ne me repousse pas. Accorde-moi ce baiser, cet instant hors du temps.* Il poussa un petit soupir mais ses lèvres restèrent immobiles. Elle sentit son cœur se serrer. Se serait-elle trompée ? N'avait-il pas envie de l'embrasser ? Soudain il captura sa bouche et tout son corps s'embrasa. Elle noua les doigts sur sa nuque, tandis que des étincelles jaillissaient dans tout son corps. Jamais personne ne lui avait donné le sentiment d'être aussi vivante ! Il resserra son étreinte, referma les mains sur ses fesses et plaqua son bassin contre le sien. Le contact de son sexe durci contre son ventre décupla son désir. C'était le paradis ! Mais aussi l'enfer. Le paradis parce que ce baiser était encore plus passionné que celui qu'ils avaient échangé cinq ans plus tôt. L'enfer parce qu'ils allaient être obligés de s'arrêter avant qu'il ne soit trop tard. Elle ne pouvait pas faire l'amour avec le frère de sa meilleure amie, là par terre dans sa boutique. Ni ailleurs ! Elle ne pouvait pas faire l'amour avec le frère de sa meilleure amie, point final ! Ce qui était en train de se passer était une aberration, une illusion, une distorsion de la réalité. Ça ne signifiait rien. Rien du tout. Mais elle pouvait quand même continuer à l'embrasser encore un peu, non ?

Comme s'il lisait dans ses pensées, Jago approfondit son baiser. Une de ses mains se glissa sous sa robe. Oh ! oui… Non ! Si elle ne réagissait pas maintenant… Faisant appel à toute sa volonté, elle s'arracha à sa bouche, posa les mains sur son torse et le repoussa doucement.

— Jago, arrête.

Il s'écarta d'elle et la regarda d'un air effaré.

— Pourquoi ?

Elle fit un pas en arrière et baissa sa robe.

— Parce que tu es le frère de Thadie !

— Et alors ? Nous nous sommes déjà embrassés !

— Ce baiser-là ne compte pas ! J'étais triste et tu essayais de me réconforter. Il faut arrêter. Je ne veux pas…

— La façon dont tu viens de m'embrasser prouve le contraire, coupa-t-il d'un ton indigné. Aujourd'hui tu n'es pas triste et tu n'as pas besoin de réconfort, n'est-ce pas ?

À son grand dam, elle sentit ses joues s'enflammer. Pas question de répondre ! Cette conversation était en train de déraper. Il était grand temps d'y mettre fin. Relevant le menton, elle tourna les talons, se dirigea vers la porte et la déverrouilla. L'ouvrant d'un geste vif, elle fit signe à Jago de s'en aller.

— Faisons comme si rien ne s'était passé, déclara-t-elle d'un ton glacial.

Il prit tout son temps pour la rejoindre, s'immobilisa devant elle et contre toute attente esquissa un sourire amusé. Puis il se pencha vers elle pour lui murmurer à l'oreille :

— C'est loin d'être terminé, mon ange.

3

Jago monta dans sa Range Rover Autobiography flambant neuve et claqua la portière d'un geste rageur. C'était quoi ce délire ? *Question idiote, Le Roux*. C'était du désir. Pur et simple. Irrépressible. Du genre « là, tout de suite, par terre ». Pendant cinq ans il s'était efforcé de ne pas penser à Dodi et à leur baiser brûlant. Il avait fait de son mieux pour l'ignorer. Mais aujourd'hui leur collision – quel autre mot employer ? – avait fait voler en éclats tous les écrans de protection dont il s'était entouré. Elle était irrésistible... Cette épaisse chevelure cuivrée, cette voix un peu rauque qui se voilait encore plus sous l'effet du désir, ces yeux gris-bleu aux reflets changeants, ce corps svelte et si féminin à la fois, ces jambes interminables...

Jago se cala contre le dossier de son siège en crispant les mains sur le volant. Il gardait sur les lèvres et la langue le goût de sa bouche, il sentait encore sous ses mains ses fesses rondes et fermes... Le baiser d'aujourd'hui n'avait rien à voir avec un besoin de réconfort dû au chagrin. Non, ce qui s'était emparé d'eux c'était du désir pur, intense... Dodi était l'amie de sa sœur, une jeune femme présente dans la marge pendant des années. Et tout à coup elle se retrouvait au centre de sa vie. Jago émit un grognement de frustration. S'il ne se retenait pas, il retraverserait la rue pour finir ce qu'ils avaient commencé. Oh ! il n'emploierait pas la contrainte, bien sûr. Il n'était pas et ne serait jamais ce genre d'homme. Mais il suffirait d'un seul baiser supplémentaire pour qu'ils s'arrachent mutuellement leurs vêtements.

Et bon sang, il n'avait jamais eu autant envie de quelque chose ! Il détestait se sentir aussi près de perdre le contrôle de lui-même. Comme s'il était à la merci de ses émotions et de son désir. C'était inacceptable. L'expérience lui avait appris à quel point il était destructeur de vivre avec quelqu'un de versatile, incapable de contrôler ses impulsions. Quand il avait rencontré Anju, il avait tout de suite su qu'elle était la femme qu'il lui fallait. Une femme qui gardait la tête froide en toutes circonstances et détestait les excès de la passion. Dès leur premier rendez-vous il avait su que leur vie commune serait calme, à l'abri de toute exaltation. Ce qu'il appréciait par-dessus tout chez elle, c'était son esprit rationnel. Elle n'avait jamais éprouvé le besoin d'avoir avec lui des conversations à cœur ouvert. De ce point de vue, elle ressemblait à son père. Theo n'avait jamais été du genre à se préoccuper des sentiments des autres ni à reconnaître qu'il pouvait y avoir des failles dans son monde parfait. Son père avait la capacité incroyable de compartimenter sa vie. Si quelqu'un ou quelque chose ne correspondait pas à sa vision du monde, il le rangeait aussitôt dans la case « pas assez important pour y consacrer de l'énergie ».

Comme son père, Anju estimait que dans la vie il fallait avancer sans s'attarder sur des détails insignifiants. Leur relation étant fondée sur le respect mutuel et des priorités communes, leur mariage fonctionnait bien. Ils vivaient en harmonie, unis par une profonde entente intellectuelle.

Avec Dodi, c'était tout autre chose. Sa présence le mettait dans un tel état qu'il avait l'impression d'être branché sur une prise électrique. C'était très déstabilisant. Jago se massa les tempes en soupirant pour tenter de calmer une migraine subite. Dodi, c'était l'imprévu, le risque et la perte de contrôle. Or, ayant passé toute son enfance et son adolescence sur le qui-vive, à tenter d'anticiper les changements d'humeur de son père et à tout analyser dans l'espoir d'éviter les crises, il avait beaucoup de mal à supporter l'imprévu. Il fallait bien le reconnaître…

Un coup de klaxon et les cris d'un chauffeur de taxi qui essayait d'attirer les clients ramenèrent Jago au présent. Comment le cours de ses pensées en était-il arrivé à dévier de ce deuxième baiser torride avec Dodi vers le souvenir de son père et de son épouse ? Il devait être beaucoup plus stressé qu'il ne le pensait. Et plus fatigué. Mais si voir Dodi déclenchait ce genre de plongée dans le passé, il serait peut-être préférable de recommencer à l'éviter. Après tout, depuis qu'ils se connaissaient ils avaient toujours eu des relations distantes. Ils pourraient reprendre cette bonne habitude, non ?

Sauf que Dodi était demoiselle d'honneur au mariage de Thadie et qu'ils allaient donc être appelés à se voir plus souvent que d'habitude dans les prochains jours. D'abord, samedi prochain c'étaient les fiançailles, qui avaient été retardées en raison d'engagements professionnels de Clyde. Ensuite il y aurait l'enterrement de vie de jeune fille et l'enterrement de vie de garçon, et il serait obligé d'assister aux deux. Jago laissa échapper un grognement de dépit. Il aurait préféré se crever un œil… Mais Thadie serait très peinée par son absence. Donc, pas question de se dérober. Il ferait n'importe quoi pour elle. Y compris subir le pire supplice qui puisse exister. Passer des heures dans la même pièce qu'Elodie Kate sans la toucher. Il était un grand garçon. Il parviendrait à rester stoïque.

— Je croyais que les rousses n'étaient pas censées porter du rouge. Ni du rose.

La voix profonde fit courir de longs frissons le long de l'épine dorsale de Dodi. Elle se retourna lentement en se maudissant. Juste quelques mots murmurés à l'oreille, et elle était prête à s'alanguir contre lui. Ridicule. Elle effleura la jupe plissée de sa robe de cocktail dos nu d'un rouge cerise éclatant, bordée sur le bas par une bande rose vif de quinze centimètres. Un choix osé, il fallait le reconnaître. Mais Liyana, la mère de Thadie, lui avait assuré que sa robe était splendide et que la couleur flattait son teint. Or Liyana suivait la mode de près et elle avait un goût très sûr. Il y avait donc toutes les raisons de lui faire confiance.

— Je fais rarement ce qu'on attend de moi, répliqua-t-elle en admirant le costume sur mesure anthracite de Jago, qu'il portait avec une chemise à rayures bleues et blanches et une cravate aubergine.

Une pochette à motif cachemire dépassait de la poche de poitrine de sa veste. Il avait ce que Lily appelait un corps de mannequin. Larges épaules, hanches étroites, longues jambes. En fait, sur lui une soutane deviendrait sexy.

— Combinaison de couleurs audacieuse, Le Roux, ajouta-t-elle. Bravo, je ne t'aurais pas cru capable de ça.

Il toucha son nœud de cravate impeccable.

— Le mérite revient à ma styliste. C'est elle qui prépare mes tenues. Je n'ai plus qu'à les prendre dans mon dressing.

Il tira sur son gilet et haussa les épaules.

— Je ne m'intéresse pas beaucoup aux vêtements.

— Moi si. J'aime tout ce qui touche de près ou de loin à la mode.

Il prit deux flûtes de champagne sur le plateau d'un serveur et en tendit une à Dodi. Elle but une gorgée de champagne en contemplant au-delà de la terrasse le jardin de la maison d'enfance de Jago. Des guirlandes électriques décoraient les vieux chênes. Elle ne venait pas souvent dans cette maison. Sa dernière visite remontait aux funérailles de Theo. Hadleigh House était une des grandes demeures historiques de Johannesburg, construite en 1904 par un des premiers magnats de l'or. Elle avait toujours aimé cette maison de style Arts and Crafts, un imposant bâtiment de deux étages avec un toit en bardeaux et des fenêtres à petits carreaux. Elle avait entendu dire que les premiers propriétaires recevaient beaucoup, comme les parents de Jago. Les bals, les tournois de tennis et les déjeuners dominicaux de Hadleigh House étaient devenus légendaires. Une grande partie du terrain entourant la maison avait été vendue, mais elle conservait un parc étendu planté de chênes. La grande terrasse qui courait tout le long de la façade débouchait sur une énorme piscine, et au fond du parc il y avait un court de tennis et un petit pavillon.

Des sièges disséminés sur la terrasse, autour de la piscine et sur la pelouse, permettaient aux invités de déguster les mets raffinés du buffet confortablement assis en profitant de la douceur de l'air parfumé. Certains déambulaient dans les allées conduisant à des jardins nichés dans la verdure et agrémentés de mares abritant des carpes. Dodi vit Thadie près du buffet des desserts installé au bord de la piscine, en compagnie de Clyde, qui la tenait par la taille. Ils discutaient avec Liyana, un homme aux cheveux gris et une femme d'allure sportive. Mais n'était-ce pas… ?

— J'ignorais que Thadie était amie avec l'ambassadeur de Grande-Bretagne et la championne olympique de course de fond la plus populaire du pays, dit-elle.

— Elle ne l'est pas. Mais Liyana a dressé la liste des invités en collaboration avec Clyde. Toutes les occasions de réseauter sont bonnes à prendre.

Elle arqua les sourcils. Le ton de Jago était nettement ironique.

— Et toi ? Tu n'as pas besoin de réseauter ?

— Non. Les gens veulent faire des affaires avec moi ou pas. Racoler n'est pas mon genre.

— Tu manques vraiment de confiance en toi, Jago, ironisa-t-elle.

Il eut un de ces rares sourires qui éclairaient son visage et faisaient briller ses yeux. Puis il la prit par la main et l'entraîna vers un coin isolé de la terrasse, à l'abri des regards curieux derrière deux immenses ficus. Il indiqua sa robe d'un mouvement du menton.

— Tu es vraiment superbe, Elodie Kate.

Un tel compliment de la part du très sexy Jago, d'ordinaire très réservé, était un plaisir qui se savourait. En espérant que la pénombre masquait le feu qui lui brûlait les joues...

— Merci.

Ils restèrent silencieux un moment, puis Jago déclara :

— Tu as dit que tu aimais la mode, les vêtements...

— Oui, en effet.

— Mais pas les robes de mariée ?

Surprise, elle déglutit péniblement.

— Je ne vois pas de quoi tu parles.

— Je pense que si.

La main tremblante, elle crispa les doigts sur sa flûte. Cacherait-elle moins bien qu'elle ne le pensait son manque d'attrait pour Love & Enchantment ? Elle n'en avait jamais parlé à personne, même pas à Thadie. Détester les mariages et les robes de mariée lui donnait le sentiment de trahir sa grand-mère. Mais comment ne pas être influencée par l'image désastreuse du mariage et de la famille que lui avaient donnée ses parents ? Adolescente, constamment ballottée entre les foyers respectifs de ses parents, elle rêvait d'une autre vie. Ce souhait avait été exaucé quand son père – le fils unique de Lily – l'avait laissée chez sa grand-mère sans un mot d'explication. Jusqu'à ce jour-là, un peu avant son seizième anniversaire, elle ignorait l'existence de Lily. Au bout de quelques semaines, ne parvenant à joindre ni son père ni sa mère, Lily l'avait inscrite au collège. Elle aurait voulu détester sa grand-mère et sa nouvelle vie, mais elle en avait été incapable. Lily était chaleureuse, aimante, attentive et très équilibrée. La vie avec elle était bien plus stable et agréable qu'avec ses parents. Cependant, une chose lui avait toujours été insupportable. Le fait de n'avoir jamais pu choisir son mode d'existence. Après l'infidélité de Dan et la mort de Lily – la première, une trahison réelle ; la seconde, une trahison ressentie –, elle s'était juré de ne plus jamais laisser personne lui imposer quoi que ce soit et de prendre ses propres décisions. Elle avait donc eu du mal à accepter l'héritage que lui avait laissé Lily, et qui lui imposait de nouveau une vie qu'elle n'avait pas choisie. Mais ces réticences, elle les avait toujours gardées pour elle. La perspicacité de Jago était très perturbante.

— Qu'est-ce qui te fait penser ça ? demanda-t-elle.

— Quand tu es enthousiaste, tes yeux sont d'un bleu plus profond. Le gris s'estompe.

De quoi parlait-il ?

— Mes yeux changent de couleur ?

— Mmm.

— Tu dis n'importe quoi, Jago.

— Non, je ne pense pas me tromper. L'autre jour à la boutique, tes yeux étaient gris. Je pense que tu apprécies la beauté des robes et le travail qu'elles représentent, mais qu'au fond elles te laissent indifférente. Est-ce que ça concerne uniquement les robes de Thadie ? Ou toutes les robes de mariée ?

— Je t'assure que tu te fais des idées.

— Menteuse.

Jago eut un sourire malicieux.

— Et comme ces robes m'ont coûté une fortune, je suis extrêmement offensé.

Ce n'était pas vrai bien sûr. Il la taquinait. Ce qui était surprenant parce qu'elle ne l'aurait pas cru taquin. Elle l'avait toujours connu laconique, distant, parfois même brusque. Ce Jago perspicace et facétieux était déstabilisant. Mieux valait changer de sujet.

— Pourquoi avez-vous décidé de rénover la maison ? Elle était fantastique.

Jago plissa les yeux, visiblement pas dupe de sa volonté de changer de sujet. Mais il n'insista pas et répondit à sa question.

— Il y avait des problèmes structurels. Il fallait refaire la toiture et renforcer les fondations. À l'origine il y avait huit chambres mais certaines étaient sombres. Elles ont été transformées en cinq suites avec salle de bains. Nous avons également fait ajouter à l'arrière deux ailes abritant chacune un appartement, ce qui nous permet, à Micah et à moi, d'avoir chacun notre espace privé.

— Et Liyana vit dans la maison située derrière celle-ci ?

— Oui. Quand elle est là, ce qui n'arrive pas souvent. Notre belle-mère est une vraie jet-setteuse.

En effet, il n'était pas inhabituel que Liyana soit photographiée dans une soirée à Monaco le mercredi et dans une autre à New York le vendredi.

— Nous voulions que Thadie s'installe dans la maison mais elle prétend que vivre dans la même propriété que nous et Liyana la rendrait folle. Voilà pourquoi elle a acheté une maison à deux pas d'ici.

Dodi réprima un sourire amusé. Ce n'était pas par hasard si cette rue de Sandhurst, quartier résidentiel ultra-riche, était connue officieusement comme « l'Allée Le Roux ».

— Que ferez-vous si Micah ou toi vous vous mariez ? Qui gardera la maison ?

— En théorie, en tant que fils aîné j'ai hérité de la propriété. Mais c'est aussi la maison d'enfance de Micah et il y est chez lui.

En cas de mariage de l'un ou de l'autre, ou des deux, chacune des deux ailes est assez grande pour accueillir une famille. Et nous continuerions de partager le hall et la terrasse, ainsi que la piscine et le parc. Et bien sûr, l'aide précieuse de Jabu.

Ils jetèrent tous les deux un coup d'œil au majordome de Hadleigh House, un homme distingué qui faisait partie de la famille depuis la petite enfance des jumeaux. Les mains derrière le dos, il surveillait d'un regard d'aigle le personnel du traiteur engagé pour la soirée. Les jumeaux et Thadie l'adoraient et c'était réciproque. Réputé pour ses qualités humaines et ses compétences professionnelles, il était constamment sollicité par des employeurs potentiels.

— Il a reçu deux offres d'emploi cette semaine, déclara Jago. Une de la part d'un homme d'affaires japonais qui passe six mois par an à Joburg et l'autre de l'épouse de l'ambassadeur de Bahreïn. Un de ces jours, il va nous quitter pour un poste plus excitant.

— Qu'est-ce qui te fait dire ça ? demanda Dodi, amusée par son ton lugubre.

— Il trouve que nous ne recevons plus assez souvent, qu'il n'a pas assez de travail, que Micah et moi nous travaillons trop et que cette maison a besoin d'une nouvelle famille. Ou de deux.

— Et vous envisagez de prendre des mesures pour satisfaire au moins quelques-unes de ses exigences ? demanda-t-elle avec un sourire malicieux.

— Nous sommes plus malins que ça. Parmi ses doléances, celle qui arrive en tête de liste, c'est l'absence d'enfants dans la maison. Alors quand il n'a vraiment pas le moral, nous l'envoyons chez Thadie, et elle le laisse s'occuper des jumeaux pendant une journée entière. Il revient éreinté et ne formule plus aucune réclamation pendant une semaine ou deux. Il a très envie de voir de nouveau des enfants Le Roux courir dans la maison, mais il préférerait que l'arrivée d'une nouvelle paire de jumeaux lui soit épargnée. Après tout, il a eu du mal à survivre à notre enfance, à Micah et à moi.

Dodi secoua la tête en riant.

— Allons, vous ne deviez tout de même pas être terribles à ce point !

— Nous lui en avons fait voir de toutes les couleurs. Grenouilles dans les lits, glissades sur les rampes, tirs de fléchettes sur les vieux tableaux.

Son affection pour Jabu faisait briller les yeux de Jago.

— En parlant de couleurs, nous versions des colorants alimentaires dans la piscine et un jour nous avons teint notre labrador blanc en vert. Et puis nous essayions de sauter sur des matelas du haut de la tourelle...

Dodi ouvrit de grands yeux.

— Non !

— Nous étions infernaux. De temps en temps, je lui rappelle nos bêtises. Ça le calme autant que les séances de baby-sitting chez Thadie.

Dodi pouffa et Jago lui tendit la main.

— Ça te dirait une visite guidée ? Pour voir les transformations ?

4

Main dans la main, Dodi et Jago quittèrent la terrasse pour longer le côté de la maison plongé dans l'ombre. Jago ouvrit une porte en expliquant qu'ils entraient dans la salle de sport.

— Je n'allume pas la lumière. Je ne veux pas attirer l'attention.

Alors que ses yeux s'accoutumaient à la pénombre, elle distingua un punching-ball et plusieurs appareils de musculation. Ils sortirent dans un couloir et passèrent devant une immense cuisine ultramoderne avec des plans de travail en granit noir et des éléments en bois laqué sombre. Ils tournèrent à gauche dans un autre couloir, dont les murs étaient ornés d'œuvres d'artistes sud-africains, dont un tableau de Tretchikoff, un immense collage de Blessing Ngobeni et une gravure de William Kentridge. Après un coude, le couloir aboutit à un escalier assez banal, l'inverse de l'imposant escalier en colimaçon, de bois massif, qui dominait le hall principal de la demeure.

— À l'origine, cet escalier était celui des employés, expliqua Jago. Il y en a un autre de l'autre côté de la cuisine. Bien sûr, Micah et moi, nous pouvons accéder à nos suites à partir du hall principal, mais cette entrée est plus discrète.

Ils montèrent une volée de marches jusqu'à une galerie donnant sur le grand hall. Cachés dans la pénombre ils observèrent les invités. Certains écoutaient le quartet qui jouait dans le fond de la vaste pièce, tandis que d'autres discutaient en petits groupes. Dodi caressa du bout des doigts une sculpture en bronze représentant un chasseur khoïsan. Theo Le Roux avait visiblement été un grand collectionneur.

— Ta maison est vraiment extraordinaire, dit-elle, trop consciente à son goût de la main qui tenait toujours la sienne.

Elle tenta de la dégager mais il la serra plus fort et l'entraîna au fond de la galerie dans un autre couloir qui desservait plusieurs pièces fermées. Il s'arrêta au bout, ouvrit la porte la plus imposante et s'effaça pour la laisser passer. La porte se referma derrière eux avec un clic discret. Il effleura un panneau mural et une lumière douce éclaira la pièce. Dodi promena autour d'elle un regard intrigué. Comme le reste de la maison, le salon de Jago était décoré avec un goût exquis. Des étagères garnies de livres et des marines de peintres prestigieux habillaient les murs crème. Deux canapés de cuir et une bergère à oreilles grège faisaient face à un écran plat géant accroché au mur. Mais contrairement au reste de la maison, ce salon donnait le sentiment d'être habité, et il y régnait une atmosphère chaleureuse. Jago enleva sa veste, desserra le nœud de sa cravate et ouvrit les boutons de son gilet.

— Assieds-toi, dit-il en se dirigeant vers un coin de la pièce.

Il prit une bouteille de vin rouge sur un casier intégré aux étagères.

— Tu veux un verre ?

Elle plissa les yeux à la vue de l'étiquette.

— Je ne suis pas une grande connaisseuse, alors tu ferais peut-être mieux de ne pas gâcher ce cru prestigieux.

Esquissant un sourire, il déboucha la bouteille et servit deux verres. Il la rejoignit et lui en tendit un avant de s'asseoir dans son énorme canapé. Elle l'imagina s'y endormant, vaincu par la fatigue après une longue journée de travail. Toujours debout, elle but une gorgée de vin – fruité, généreux, délicieux – et se dirigea vers les étagères. Les essais politiques se mêlaient aux romans policiers, les biographies aux ouvrages d'économie.

— Comment arrives-tu à trouver un livre ?

— J'ai une mémoire photographique, répliqua-t-il en croisant les jambes.

Elle traversa la pièce jusqu'à la porte à double battant ouverte sur une petite terrasse. Un autre canapé confortable – un Fendi Casa sur une terrasse ? – côtoyait une table en fer forgé. C'était le cadre idéal pour prendre un café matinal. Le bruit de la soirée, qui se déroulait de l'autre côté de la maison, n'était qu'un murmure à peine perceptible.

— Tu ne vas pas manquer à tes invités ?

Jago haussa les épaules.

— Micah a prononcé un discours de « bienvenue dans la famille » de notre part à tous les deux – il est plus doué que moi dans ce domaine –, et Liyana joue les hôtesses avec son aide. Ils savent que je déteste la foule et ils ne seront pas surpris par ma disparition.

— Je peux m'en aller si tu veux être seul. Mais tu risques d'être obligé de me faire un plan pour que je puisse retrouver mon chemin jusqu'à ma voiture.

— Je ne t'aurais pas amenée ici, si je n'appréciais pas ta compagnie, Elodie Kate. Pourquoi ne prends-tu pas un siège ? Tu pourrais enlever tes chaussures.

Il regarda ses escarpins à talons aiguilles et fit la grimace.

— Ces talons sont super sexy, mais ils doivent être horriblement inconfortables.

Elle ouvrit la bouche pour protester mais, devant la lueur malicieuse qui brillait dans les yeux de Jago, elle haussa les épaules.

— Tu as raison, ces chaussures sont inconfortables.

Elle s'assit sur le bord du canapé et se pencha en avant

pour déboucler la lanière qui faisait le tour de sa cheville. Elle poussa un soupir de soulagement et enleva l'autre.

— De vrais petits instruments de torture, murmura-t-elle en reprenant son verre. Jago renversa la tête contre le dossier du canapé. Pour la première fois de la soirée, il semblait détendu. Et à vrai dire, elle l'était aussi. Elle réprima l'envie de caresser sa joue recouverte d'une barbe naissante. Du calme... Le simple fait d'être ici avec lui, c'était déjà jouer avec le feu. S'il l'embrassait, il y avait de grandes chances que leurs vêtements volent dans la pièce au bout de quelques minutes. Cette idée était-elle excitante ou terrifiante ? Ou les deux ? Elle ne savait pas trop. D'un mouvement du menton elle indiqua une porte à l'autre bout de la pièce.

— Ta chambre ?

— Dressing, chambre, et salle de bains. Tu peux aller jeter un coup d'œil si tu veux.

Curieuse de tout ce qui le concernait, elle se leva et se rendit dans la chambre. Un immense lit drapé de blanc contrastait avec les murs bleu marine, dont un couvert d'étagères en bois. Son attention fut attirée par trois dessins au fusain encadrés de noir. Des portraits abstraits de Jago, de son jumeau et de Thadie, comprit-elle très vite. Comme le salon, la chambre était une pièce à l'atmosphère chaleureuse. Une grande porte-fenêtre ouvrait sur une autre terrasse donnant sur le parc.

— Ça te plaît ?

Elle sentit le souffle de Jago sur le haut de son crâne et se retourna. Il était tout près d'elle. Un pas minuscule et elle serait dans ses bras. Il lui suffirait de se dresser sur la pointe des pieds pour que sa bouche effleure la sienne... Il marmonna un juron et posa les mains sur ses hanches, l'attirant doucement vers lui. Un long frisson la parcourut. Comment résister ? Impossible... Il fixa sa bouche un instant puis plongea son regard dans le sien.

— Je me suis dit et répété que c'était de la folie. Je ne sais pas d'où vient mon désir pour toi mais je suis fatigué de lutter contre, murmura-t-il. Je meurs d'envie de t'embrasser... partout. Dis-moi que tu en as envie aussi.

— Je ne devrais pas, mais... oui, j'en ai envie.

Il se pencha sur elle pour mordiller sa mâchoire et elle renversa la tête en arrière pour lui offrir son cou. Le baiser mouillé qu'il y déposa lui arracha un gémissement.

— J'ai envie de toi mais je ne pense pas que ce soit une bonne idée, Jago.

— Arrête de penser, Elodie Kate. Contente-toi de ressentir.

Ce n'était pas elle. Il n'était pas dans ses habitudes de fréquenter les chambres de milliardaires sexy au charme irrésistible. Elle aurait dû quitter cette pièce, quitte à chercher longuement son chemin à travers cette maison immense pour retrouver sa voiture. Mais ce soir elle n'avait pas envie de se montrer raisonnable. Elle voulait commettre une folie, oublier toute prudence et échapper à la réalité de sa vie – trop de travail et pas assez de détente. Elle voulait se sentir de nouveau femme, sexy, désirée...

Lorsque Jago posa la main sur son cœur, la pointe de son sein se durcit contre sa paume.

— Tes yeux sont bleu électrique et ton cœur bat à grands coups. Tu me désires autant que je te désire, Dodi.

— Ce n'est pas raisonnable...

Il eut un sourire amusé.

— Ne te prive pas de ça. Ne nous prive pas de ça. Par pitié, arrête de penser. Accordons-nous une nuit, et demain nous reprendrons une vie normale... quoi que cela veuille dire.

Jago avait raison. Pourquoi se priver de ce moment hors du temps, qui deviendrait ensuite un bon souvenir ? Il ne lui demanderait pas de répéter cette folie et il n'y ferait jamais allusion. C'était un homme de parole. Demain matin, quand elle serait de retour chez elle, cette nuit serait leur secret. Dire oui était très tentant... Il n'était pas dans ses habitudes d'avoir des aventures sans lendemain. Ce serait la première. Mais il y avait si longtemps qu'elle n'avait pas senti des mains d'homme sur sa peau... qu'elle n'avait pas entendu une voix masculine lui murmurer à l'oreille qu'elle était désirable...

— Reste avec moi cette nuit, Elodie Kate, murmura Jago en la prenant dans ses bras.

Elle s'attendait à ce qu'il l'embrasse, mais il se contenta de la serrer contre lui en attendant qu'elle prenne une décision. Elle enfouit son visage dans son cou, huma son parfum, puis lécha sa peau du bout de la langue. Enhardie par le frisson qui le parcourait, elle déboutonna son gilet, tira sa chemise hors de son pantalon et glissa les mains dessous pour les promener sur son torse. Il frissonna de nouveau et demanda d'une voix tendue :

— C'est d'accord ou pas, Dodi ?

Oh ! oui c'était d'accord ! Impossible de résister à la tentation. Elle déboutonna sa chemise et la fit glisser sur ses épaules, la laissant tomber par terre avec son gilet. Alors qu'elle se penchait vers son torse pour y déposer un baiser, il lui prit le menton et plongea son regard dans le sien.

— J'ai besoin que tu me *dises* que tu es d'accord, Elodie Kate.

— Oui, Jago. Juste pour cette nuit.

— Merci...

Du bout du pouce il effleura ses lèvres, la veine qui battait frénétiquement à la base de son cou, puis la pointe durcie d'un sein.

— J'ai envie de te voir nue, dit-il d'une voix rauque en baissant la fermeture Eclair dissimulée sur le côté de sa robe.

Après avoir dégrafé son col, il fit passer sa robe au-dessus de sa tête, découvrant ses seins nus parsemés de taches de rousseur. La lueur d'admiration qui s'alluma dans ses yeux la combla.

— Tu es encore plus belle que je ne l'imaginais.

Il se pencha sur un sein pour aspirer la pointe ferme entre ses lèvres. Elle enfonça les doigts dans ses cheveux en gémissant. Bientôt elle se retrouva allongée sur le lit tandis qu'il explorait son corps du bout des doigts, des lèvres, de la langue. Il se releva pour finir de se déshabiller, et elle se redressa sur les coudes, fascinée par son corps musclé. Être désirée par un homme aussi superbe était enivrant. Elle ne s'était jamais sentie aussi féminine... Il la rejoignit sur le lit et se pencha sur elle.

— Une nuit, Elodie Kate. Faisons qu'elle soit mémorable.

— Une nuit, Jago. Embrasse-moi...

Il plongea son regard dans le sien et elle fut électrisée par l'éclat de ses yeux. Qu'y avait-il de plus merveilleux que d'être l'objet d'une telle attention de la part d'un homme sexy ? Elle promena les mains sur son torse et son ventre, effleurant du bout des doigts l'élastique de son caleçon.

— N'hésite pas à pousser l'exploration plus loin, murmura-t-il avec un sourire malicieux.

— Volontiers, mais embrasse-moi d'abord.

Il s'empara de sa bouche dans un baiser fougueux tout en la couvrant de caresses qui décuplèrent son excitation. Elle fit glisser son caleçon sur ses hanches et referma les mains sur ses fesses musclées et creusa les reins, impatiente de sentir contre elle son sexe gonflé de désir. Avec un grognement guttural, il interrompit leur baiser pour lui enlever sa culotte et se débarrasser complètement de son caleçon. Puis il captura de nouveau sa bouche tout en glissant la main entre ses cuisses. Ses caresses expertes lui arrachèrent des gémissements aigus qui se muèrent en supplications.

— Préservatif, dit-il d'une voix haletante en se redressant pour ouvrir un tiroir de la table de chevet.

Quand il fut prêt, il se pencha de nouveau sur elle en murmurant :

— Tu es incroyablement sexy, Elodie Kate.

Au comble de l'excitation, elle creusa les reins tout en couvrant son dos de caresses fébriles.

— Jago, s'il te plaît…

Il s'enfonça en elle d'un seul mouvement puissant et ils laissèrent échapper en même temps un murmure de volupté. Elle noua les jambes sur ses reins, et leurs bouches se joignirent tandis que leurs corps entamaient une danse lascive, d'abord nonchalante puis de plus en plus échevelée. Dans le tourbillon qui l'emportait, Dodi sentait monter du plus profond d'elle un plaisir qui s'annonçait prodigieux. La vague qui la submergea lui coupa le souffle. Mais déjà une autre se formait, plus puissante encore. Elle déferla au moment où Jago la rejoignit dans la jouissance. Leurs cris rauques se confondirent tandis que le monde se fragmentait en un million de couleurs, prenant l'allure d'un kaléidoscope géant.

Jago lui faisait parfois penser à un sorcier. Ce n'était peut-être pas si éloigné de la réalité…

5

Un peu plus d'un mois plus tard, un coup frappé à la porte de son bureau fit lever les yeux à Jago. À travers la vitre – dans leurs bureaux toutes les cloisons étaient vitrées – il vit Micah et lui fit signe d'entrer tout en poursuivant sa conversation téléphonique.

Il raccrocha quelques minutes plus tard et se tourna vers son frère, qui contemplait la vue panoramique sur Johannesburg, debout devant la baie vitrée. Les deux frères négociaient des contrats avec certains des hommes et des femmes les plus puissants du continent, si bien qu'à l'occasion de la rénovation de leurs bureaux un an plus tôt ils avaient voulu impressionner. Lignes dépouillées, teintes pastel, équipement à la pointe de la technologie, le décor était aussi raffiné que luxueux. Mais cet endroit étant celui où Jago passait le plus de temps, il était également confortable et il s'y sentait bien.

Midi approchait et la brume de chaleur estompait les contours des immeubles. Les mains dans les poches de son pantalon de toile grise, qu'il portait avec une chemise bleu clair et une veste marine, Micah semblait éreinté, ce qui ne lui ressemblait pas. Jago ayant rendez-vous plus tard dans la journée avec des investisseurs assez conservateurs, il avait mis un costume marine à fines rayures bleues avec une chemise blanche et une cravate bordeaux. Aucune originalité... Cette tenue n'aurait pas été du goût de Dodi, mais elle lui donnait un air sérieux et distingué, ce qui était le but recherché.

— Qu'est-ce qui ne va pas ? demanda-t-il à Micah, en s'efforçant de chasser de son esprit l'image de Dodi étendue nue sur son lit, avec sa chevelure cuivrée répandue sur l'oreiller.

Bientôt cinq semaines qu'elle avait quitté sa chambre à l'aube et pris sa voiture pour rentrer chez elle. Trente-trois jours de silence, environ sept cent quatre-vingt-dix heures à essayer de ne pas penser à elle. À la désirer encore, à avoir envie de revivre cette nuit spectaculaire... Mais Micah lui parlait et il n'avait rien entendu de ce qu'il lui disait. Jago leva la main.

— Excuse-moi, tu peux répéter ça ?

Micah plissa le front.

— Ça ne te ressemble pas de me demander de me répéter...

— La matinée a été longue.

Micah vint se placer en face de son bureau et referma les mains sur le dossier d'un des fauteuils destinés aux visiteurs, la mine soucieuse.

— Thadie m'a appelé. Elle était dans tous ses états. Quelqu'un a annulé la réception du mariage.

— Que veux-tu dire ?

— Quelqu'un a appelé l'hôtel en se présentant comme l'organisatrice du mariage – et en donnant le nom de celle-ci – pour annoncer que le mariage était annulé et qu'en dédommagement ils pouvaient garder les arrhes. L'hôtel, comme tu le sais, a une liste d'attente d'un kilomètre de long, et la salle de réception est déjà réservée pour un autre mariage.

— Il n'y a pas eu de vérification préalable ? Ce mariage est un des plus grands prévus dans le pays ces prochains mois. Comment un événement aussi important a-t-il pu être annulé sur un simple appel téléphonique ?

— Parce que l'appel a été suivi par une lettre d'apparence

très officielle de la part de l'organisatrice du mariage et par un faux mail de Thadie.

Micah crispa la mâchoire.

— Auraient-ils pu faire plus d'efforts pour vérifier l'authenticité de l'annulation ? Bien sûr. Mais ils avaient les arrhes et un autre événement à programmer à la place, alors...

Qu'est-ce que c'était que cette histoire ? Jago se frotta la nuque, au comble de la perplexité.

— Et maintenant ?

— Eh bien... à part tenter de découvrir qui a saboté le plus beau jour de la vie de Thadie...

— Mais qui voudrait faire ça ? Et pourquoi ?

— Il y a eu une augmentation de trolls sur ses réseaux sociaux depuis l'annonce des fiançailles. Tout un tas de commentaires malveillants, sans qu'aucun n'attire particulièrement son attention. Malheureusement, elle a cité le nom de l'hôtel sur les réseaux, si bien que tout le monde savait où devait avoir lieu la réception. N'importe qui a pu l'annuler.

« On pourrait engager des poursuites ou faire un scandale, mais ça ne changerait rien au problème. Il faut trouver un lieu assez grand pour accueillir un millier de personnes dans moins de six semaines. Thadie m'a appelé à l'aide. J'ai aussitôt demandé à un des meilleurs consultants de notre agence événementielle de m'aider à trouver un lieu pour la réception. »

— Excellente idée.

Le regard de Jago se détourna de Micah, et de l'autre côté de la cloison vitrée il aperçut une chevelure cuivrée encadrant un visage au teint pâle. Son cœur fit un bond dans sa poitrine. Dodi ? Il la vit traverser la réception et parler à son assistante. Que faisait-elle là ? Ils s'étaient mis d'accord... Une seule nuit. Ensuite plus rien. Pas de contacts.

Et pourquoi était-il aussi content de la voir ? Pourquoi son cœur battait-il aussi fort ?

Micah se retourna pour voir ce qui avait attiré son attention.

— Dodi fait une drôle de tête, lâcha-t-il. Thadie a dû lui dire qu'elle n'avait plus de lieu pour le mariage.

Jago resta silencieux. Ça n'expliquait pas pourquoi elle se trouvait dans les bureaux de Le Roux International au lieu d'être auprès de leur sœur. Dodi tourna la tête vers le bureau et leurs regards se rencontrèrent. Elle était plus pâle que d'ordinaire et elle avait des cernes impressionnants sous les yeux. Il se leva si brusquement que son fauteuil roula en arrière et heurta le meuble qui se trouvait derrière. Il fit le tour de son bureau et ouvrit la porte.

— Laissez-la entrer, dit-il à son assistante.

— Vos investisseurs arrivent dans cinq minutes, monsieur Le Roux.

— Je sais, répliqua-t-il sans quitter Dodi des yeux.

Elle avait la mine de quelqu'un qui vient de croiser un cobra du Cap.

— Viens, Elodie Kate.

Elle entra dans son bureau et fit la bise à Micah. De son côté, il n'eut même pas droit à un « Bonjour, Jago ».

— Je suppose que tu es là à cause de l'annulation de la réception, dit Micah en l'invitant d'un geste à prendre place dans un des deux fauteuils créés par Hans Wegner.

Elle plissa le front et les regarda tous les deux d'un air perplexe.

— Je suis désolée... de quoi parles-tu ?

— Quelqu'un a eu l'idée très cruelle d'annuler la réception du mariage de Thadie et Clyde, expliqua Micah.

— Quoi ?

Dodi écarquilla les yeux d'un air horrifié.

— Thadie ne t'en a pas parlé ? demanda Jago, surpris.

Ne se disaient-elles pas tout ?

— Euh... mon téléphone est éteint. Qu'allons-nous faire ? Comment allons-nous trouver un autre lieu ?

D'accord... De toute évidence, elle n'était pas au courant de l'annulation. Ce qui posait une question. Pourquoi était-elle venue le voir ? Ils s'étaient mis d'accord. Ils ne devaient pas se revoir en dehors des réunions liées au mariage.

Il avait déjà du mal à supporter qu'elle hante ses rêves et ses pensées en permanence. Mais la voir là devant lui en chair et en os... c'était un véritable supplice ! Il n'avait qu'une envie. Lui arracher cette robe noire, défaire ce chignon qui emprisonnait ses cheveux et la renverser sur le canapé du bureau...

C'est malin, Le Roux. Essaie plutôt de penser à autre chose.

— Je m'en occupe, dit Micah. J'ai fait appel à un autre organisateur d'événements.

— Je peux demander à mes contacts professionnels s'ils connaissent des lieux pour la réception, proposa Dodi.

Micah hocha la tête.

— Bonne idée, merci.

— Mais qui a bien pu faire ça ? demanda-t-elle en se tournant vers Jago. Et pourquoi ? Thadie est tellement adorable... Elle n'a pas d'ennemis !

Jago hocha la tête. C'était une bonne question. Quelqu'un détestait assez sa sœur pour vouloir gâcher ce qui était censé être le mariage de l'année. Qui ? Et pourquoi ? Et comment démasquer quelqu'un qui agissait dans l'ombre ? Toutes ces questions exigeaient des réponses, mais il y en avait aussi une autre qui le taraudait.

— Si tu n'es pas venue discuter de l'annulation de la réception, pourquoi es-tu ici, Elodie Kate ? demanda-t-il en se rasseyant derrière son bureau, une autre création de Hans Wegner.

Dodi pâlit et se mordit la lèvre.

— Micah, ça ne t'ennuie pas de nous laisser une minute ?

Micah prit un air buté que Jago connaissait bien.

— Si ça concerne Thadie, j'ai le droit d'être mis au courant.

Dodi secoua la tête, les doigts crispés sur les accoudoirs du fauteuil.

— Ça n'a rien à voir, je te le promets. J'ai juste besoin de parler en privé avec Jago et ensuite je m'en irai.

Micah la dévisagea d'un air incrédule, mais au grand soulagement de Jago il quitta le bureau sans insister. Dodi ferma les yeux, et Jago sentit son estomac se nouer.

Dodi bondit de son siège et se dirigea vers la baie vitrée du luxueux bureau. Elle y appuya son front sans prêter attention à la vue spectaculaire sur Johannesburg. Après quelques jours de fatigue intense, de maux de tête et de haut-le-cœur, elle s'était décidée à consulter son médecin. Dr Kate étant l'une des plus vieilles amies de sa grand-mère, la marraine de son père et la femme de qui elle tenait son prénom, elle avait pensé que c'était l'occasion de faire d'une pierre deux coups. Voir une vieille amie et se faire prescrire de la vitamine B pour retrouver son énergie.

Kate ayant tenu à l'examiner longuement, elle était restée une heure dans son cabinet au lieu de la visite en coup de vent qu'elle avait prévue. Et elle avait appris une nouvelle si stupéfiante qu'en sortant du cabinet elle s'était rendue directement au siège de Le Roux International. Pourquoi avait-elle cédé à cette impulsion ? Elle n'était pas encore prête à annoncer la nouvelle à Jago. Bien sûr elle finirait par le faire un jour ou l'autre. Elle n'avait pas le choix. Mais pour l'instant, elle avait besoin de temps pour se faire à cette idée. Enceinte de Jago. Elle était enceinte de Jago. C'était invraisemblable. Elle avait beau se répéter cette phrase, celle-ci n'avait aucun sens. Pourquoi ? Pourquoi elle ? Pourquoi avec lui ? Jamais elle n'avait été aussi oppressée. Et elle avait beau tenter de la repousser, une pensée tournait en boucle dans son esprit. *Je n'ai pas voulu ça. Ce n'est pas ce que je veux.* Une fois de plus elle se retrouvait dans une situation qu'elle n'avait pas choisie ! Elle se dirigea vers le fauteuil qu'elle venait de quitter et ramassa le grand cabas qu'elle avait posé par terre. Elle le mit en bandoulière et se força à regarder Jago. Son visage était impénétrable.

— Désolée, je n'aurais pas dû venir. Il vaut mieux que je m'en aille.

— Assieds-toi, Elodie Kate.

Elle le foudroya du regard et se dirigea vers la sortie. Impossible de lui parler maintenant. Elle avait besoin de temps pour réfléchir. D'espace pour respirer.

— Je te jure que si tu t'en vas je te suivrai et je te ramènerai ici sur mon épaule, ajouta-t-il d'une voix calme mais déterminée.

Elle se retourna vivement vers lui.

— Tu n'oserais pas !

— Essaie et tu verras. Assieds-toi et dis-moi pourquoi tu es ici.

Elle regarda derrière lui le tableau représentant une plage sur laquelle déferlaient d'énormes vagues. Elle avait l'impression d'être prise dans ces rouleaux. Elle ne parvenait plus à respirer. Pourquoi le contrôle de sa vie lui échappait-il systématiquement ? Elle sentit la pièce tournoyer autour d'elle, et des taches apparurent devant ses yeux. Une boule lui bloqua la gorge. Oh ! non... Une attaque de panique ? Par pitié, pas devant l'imperturbable Jago Le Roux ! Une main se referma sur son épaule et la força à s'asseoir. Jago lui fit baisser la tête entre les genoux et lui intima d'inspirer puis d'expirer profondément et de recommencer. Au bout de quelques minutes – quelques années ? – sa gorge se débloqua et le poids qui lui écrasait la poitrine diminua. Relevant lentement la tête, elle passa les doigts dans ses cheveux.

— Si tu ne me dis pas ce qui ne va pas, j'appelle une ambulance et je t'accompagne aux urgences.

Elle soupira. Nul doute qu'il n'hésiterait pas...

— Je suis allée chez mon médecin, ce matin.

— Et ? Quel est le problème ? Tu es malade ?

Était-ce une pointe d'inquiétude qu'elle percevait dans sa voix, ou bien se faisait-elle des idées ? Non, il était juste agacé qu'elle lui fasse perdre son précieux temps. Elle pouvait attendre et lui parler un autre jour... Non, autant lui dire maintenant. Elle prit une profonde inspiration et se massa la nuque.

— Je ne sais pas comment c'est arrivé puisque nous avons utilisé des préservatifs à part ce bref instant où... mais... je suis enceinte. De toi.

Un long silence suivit cette déclaration. Jago ne détacha pas les yeux de son visage, et son expression ne changea pas, mais tout son corps se raidit imperceptiblement. Elle rouvrit la bouche mais, avant d'avoir le temps de prononcer un mot, elle entendit un léger bourdonnement.

— Une minute, mon assistante m'appelle.

Jago activa son Interphone via une commande vocale et, quelques secondes plus tard, la voix de son assistante sortit en son *surround* de haut-parleurs dissimulés dans le décor.

— Vos investisseurs sont en bas, monsieur Le Roux. Ils arrivent dans trois minutes.

— Conduisez-les dans la salle de conférences et dites-leur que j'aurai quelques minutes de retard.

Il émit une nouvelle commande vocale pour que leur conversation ne soit pas audible de l'extérieur, passa les doigts dans ses cheveux et secoua la tête d'un air qui ne trahissait qu'un stress très modéré. Personne n'aurait pu deviner qu'elle venait de lui annoncer qu'il allait devenir père parce qu'il y avait eu une « faille » dans leur aventure sans lendemain. Il enfonça les mains dans les poches de son pantalon et fixa sur elle un regard indéchiffrable. Impossible de deviner s'il était abattu, furieux, déstabilisé ou résigné... C'était extrêmement désagréable. Comment parvenait-il à dissimuler aussi bien ce qu'il ressentait ? Après un silence, il demanda :

— Tu as l'intention de garder le bébé ?

Elle leva les mains en l'air avec exaspération.

— J'ai appris que j'étais enceinte il y a à peine plus d'une heure ! Je ne suis même pas encore habituée à cette idée.

— Mais tu es venue me voir tout de suite.

Elle déglutit péniblement. C'était vrai... Pourquoi avait-elle fait ça ? Pourquoi s'était-elle précipitée ici ? Elle aurait dû rentrer chez elle, prendre le temps d'assimiler la nouvelle, de réfléchir à ce virage à cent quatre-vingts degrés que venait de prendre sa vie. Mais le besoin de voir Jago pour partager cette nouvelle et ce moment avec lui avait été irrépressible... C'était stupide, non ?

— Pour être honnête, je ne sais pas ce que je fais ni ce que je ressens. Tout ça semble un peu surréaliste.

Jago toucha son nœud de cravate comme pour le dénouer, puis il se ravisa. Avait-il besoin d'air ? Elle, oui !

Nouveau bourdonnement, suivi de la voix de l'assistante :

— Monsieur, vous avez déjà plus de quelques minutes de retard.

Jago grimaça, fit le tour de son bureau, prit sa veste sur le dossier de son fauteuil et l'enfila.

— Je suis désolé mais il faut que j'y aille. C'est important.

Sérieusement ? Parce qu'attendre un enfant ne l'était pas ? Dodi inspira profondément pour tenter de surmonter la souffrance et la déception qui la submergeaient. Elle ne s'attendait pas à ce que Jago saute de joie ni à ce qu'il la serre dans ses bras avec fougue – elle n'était pas stupide à ce point ! Mais de là à être congédiée quelques minutes après avoir lâché sa bombe... À cet instant, elle redevint la petite fille qui attendait désespérément que ses parents la voient, lui parlent, lui prêtent un minimum d'attention. Aujourd'hui comme hier, elle était traitée comme quelqu'un qui ne comptait pas et dont on n'hésitait pas à se débarrasser. Pendant toute son enfance elle avait souffert de l'indifférence de ses parents, plus tard elle avait découvert que son petit ami de longue date n'avait jamais cessé de la tromper, et dans la foulée elle avait perdu sa grand-mère, le seul être au monde qui l'avait jamais aimée. Elle avait connu le manque d'amour, la trahison puis la perte, mais elle ne s'était jamais sentie aussi seule qu'aujourd'hui, ici, face à Jago…

Elle redressa les épaules, prit une profonde inspiration et remit son sac en bandoulière. Lorsqu'elle se leva, son chignon confectionné à la hâte se défit et ses cheveux tombèrent sur ses épaules. Jago posa la main au creux de ses reins pour l'encourager à se diriger vers la sortie. Elle tressaillit, s'écarta vivement de lui et hâta le pas. Il la devança pour lui ouvrir la porte. Elle la franchit sans prendre la peine de le remercier.

— Je t'appellerai plus tard et nous discuterons, lui murmura-t-il à l'oreille.

— Nous n'avons plus rien à dire, rétorqua-t-elle.

C'était son bébé, son corps, sa vie. S'il avait manifesté la moindre émotion, elle aurait accepté de discuter pour trouver éventuellement un moyen d'avancer ensemble. Mais son absence de réaction ne laissait aucun doute. Elle et le bébé n'étaient pour lui qu'un problème à résoudre. Un obstacle à franchir. Eh bien, au moins, elle savait à quoi s'en tenir. Elle ne devait compter que sur elle-même.

Pas de problème. Se débrouiller seule, être indépendante, c'était dans sa nature.

Quelques heures plus tard, Jago était installé sur une terrasse surplombant une mare située dans une réserve naturelle à la périphérie de Muldersdrift. Il porta sa bouteille de bière à ses lèvres. Par moments, le coassement d'un crapaud-buffle se joignait au chant des cigales. Le soleil descendait derrière les acacias et il entendit des participants à un safari qui se dirigeaient en riant vers le véhicule ouvert garé devant le pub. L'endroit allait être calme pendant un moment. Exactement ce dont il avait besoin… En sortant de la réunion avec ses investisseurs, il était venu directement dans cette réserve privée, à une quarantaine de minutes de la ville, en conduisant vitres baissées dans l'espoir que l'air chaud lui remettrait les idées en place. Il possédait la moitié de ce lodge boutique cinq étoiles, et il y venait aussi souvent que possible. Ici l'air était pur, et il n'avait souvent pour seule compagnie que les oiseaux, insectes et autres animaux. C'était le lieu idéal pour réfléchir, une zone blanche où il ne risquait pas d'être dérangé par des appels ni des messages. Après avoir acheté une bière au bar il s'était installé dans le coin le plus isolé de la terrasse, les pieds sur la balustrade.

Se calant dans son siège, il leva la tête pour regarder les étoiles qui apparaissaient dans le ciel virant au violet. À 19 heures passées il était éreinté. Physiquement et mentalement épuisé. Ce qui n'avait sans doute rien de surprenant après des heures passées à se concentrer sur une négociation compliquée sans parvenir à chasser de son esprit l'annonce de sa paternité prochaine. Il préparait depuis plus de huit mois l'acquisition d'une des mines de platine les plus grandes du monde, mais Le Roux International ne disposait pas des fonds suffisants pour pouvoir se passer de partenaires. Comme la plupart des entreprises dans le monde, d'ailleurs. Il avait donc soumis son projet à des hommes d'affaires qu'il connaissait et en qui il avait confiance. Il aurait pu reporter la réunion de l'après-midi en invoquant un problème personnel sans que ses investisseurs s'en formalisent. Mais l'annonce de Dodi l'avait tellement déstabilisé qu'il n'avait pas su comment y réagir. Il avait donc préféré se réfugier dans le travail, domaine qu'il contrôlait parfaitement.

À présent la réunion était terminée et il n'avait plus aucune excuse pour éluder le problème. Le moment était venu d'affronter cette réalité stupéfiante.

Dodi était enceinte. De lui.

Il se leva et arpenta la terrasse en bois, notant distraitement l'arrivée de deux grands koudous qui venaient s'abreuver à la mare.

Il n'avait pas prévu ça. Mais alors pas du tout.

Anticiper les problèmes – les changements – était pourtant pour lui une règle d'or. Il planifiait sa vie dans les moindres détails et ne laissait jamais rien au hasard. C'était réussi ! Un bébé ne faisait du tout partie de ses projets. Ni avec son épouse ni avec personne d'autre. Quand ils s'étaient mariés, Anju et lui partageaient la même conception du couple. Ils s'entendaient bien sur le plan intellectuel comme sexuel et ne cherchaient pas autre chose. Pour eux l'amour était un mythe. Elle ne voulait pas d'enfants et préférait se concentrer sur sa carrière, ce qu'il approuvait. De son côté, elle comprenait que la gestion de l'empire Le Roux lui réclamait une grande partie de son temps. Ni l'un ni l'autre n'envisageait de changer des couches tout en travaillant.

Cependant, sa réticence à devenir père était plus profonde que ça. Il se connaissait bien. Il savait que son besoin de tout contrôler et de tout analyser était incompatible avec la paternité. C'était un réflexe qu'il avait acquis très tôt pour se protéger contre l'inconstance et la brutalité de son propre père. Déterminé à éviter tout bouleversement émotionnel, il avait pris l'habitude de dresser des barrières entre lui et les autres pour se simplifier la vie. Or un enfant avait besoin d'un père affectueux, disponible et prêt à lui apporter un soutien et une attention de tous les instants. Pas d'un père distant et rigide qui frustrerait son besoin d'amour et l'empêcherait de s'épanouir. Il était très doué pour les affaires, mais il se sentait incapable d'élever un enfant. Il ne saurait pas s'y prendre. Il échouerait lamentablement, il le savait. Or pour lui, l'échec sous toutes ses formes était inacceptable. Et terrifiant. Sauf qu'il allait devenir père. C'était de la folie...

Mais très curieusement, il ressentait également une pointe d'excitation. Un peu comme s'il s'apprêtait à sauter à l'élastique en se demandant si celui-ci allait résister. Il y avait en route un petit être qui un jour l'appellerait « papa ». Parviendrait-il à mériter d'être appelé ainsi ? Et surtout, réussirait-il à ne pas gâcher la vie de ce petit être qui ne l'aurait pas choisi pour père ?

Et à propos de questions auxquelles il ne pouvait pas répondre, comment Dodi avait-elle pu tomber enceinte ? Comme elle l'avait dit, ils avaient utilisé des préservatifs à chaque fois. Non ? Jago s'immobilisa et plissa le front. La nuit avait été si passionnée... leur désir si brûlant... À chaque fois que Dodi l'avait supplié de lui faire l'amour, là, tout de suite, « Jago, s'il te plaît ! », il ne s'était pas fait prier bien sûr... et une fois, juste une fois, il n'avait pas mis de préservatif. Il avait éprouvé le besoin irrésistible de sentir son sexe brûlant autour du sien sans la barrière du latex. Mais il s'était retiré juste avant de jouir, il le savait. Il n'y avait aucun doute là-dessus. Ce seul contact avait-il vraiment suffi pour qu'un enfant soit conçu ? Un tel bouleversement pouvait-il résulter de son besoin d'éliminer toute barrière entre eux pendant juste une minute ou deux ? La vie pouvait-elle vraiment être aussi capricieuse ? Quelle question stupide ! L'expérience lui avait appris à quel point la vie et les gens pouvaient être imprévisibles.

Il était temps pour lui de retourner en ville pour voir la femme qui avait mis son univers sens dessus dessous. Ils avaient des décisions à prendre, des projets à faire.

Des vies à réorganiser.

6

Dodi enleva son T-shirt, baissa son legging et se mit de profil devant le miroir. Non, ses seins n'avaient pas grossi et son ventre ne s'était pas arrondi. Elle pouffa. C'était ridicule. Elle n'était enceinte que de quelques semaines. Son bébé ne pouvait pas être plus grand qu'une tête d'épingle. Il devait peser moins d'un gramme. Elle ne commencerait à prendre du poids que dans quelques mois, et il lui faudrait attendre encore plus longtemps pour sentir bouger son bébé.

Son bébé.

Elle fut submergée par l'émotion. Depuis qu'elle avait appris qu'elle était enceinte, elle ne cessait d'osciller entre le rire et les larmes. La joie et la tristesse, la peur et l'excitation. Elle allait devenir maman. Un petit être grandissait en elle, un petit être qu'elle aimerait plus que tout. Qu'elle aimait déjà, même si ça paraissait incroyable. Allait-elle être à la hauteur de la situation ? Était-elle capable de s'en sortir seule ? Saurait-elle le rendre heureux ?

Enfant, il lui était arrivé de s'imaginer mère, et plus tard elle s'était dit qu'un jour peut-être elle aurait des enfants avec Dan. Puis elle avait appris qu'il était infidèle, et ensuite sa grand-mère était morte. Célibataire et accaparée par la gestion de la boutique, elle n'avait plus songé à ses projets de maternité. À présent elle ne pensait plus qu'à ça... Elle regarda de nouveau son ventre dans le miroir. Par quel miracle Jago et elle avaient-ils fabriqué un bébé ? Elle ne savait pas très bien. Mais si ce minuscule grain de poussière avait réussi à s'installer dans son ventre, il avait bien mérité d'être là et de poursuivre son chemin jusqu'à son arrivée sur cette planète folle. D'accord, son père était froid comme le marbre et très capable de faire comme s'il n'existait pas, mais pour sa part elle n'avait pas la moindre hésitation.

Ce bébé, elle le gardait.

L'excitation et la peur furent balayées par une colère noire. Dirigée contre le père de son bébé. Comment Jago avait-il osé la traiter avec une telle désinvolture ? Comme si cette nouvelle ne méritait pas plus d'attention qu'une note de service déposée sur son bureau ! Sa priorité c'était sa réunion imminente... Oh ! elle avait envie de l'étrangler ! Pour sa froideur et son indifférence. Parce que son attitude la renvoyait à son enfance, quand rien de ce qu'elle disait ou faisait ne retenait l'attention de ses parents. Même quand elle leur présentait des bulletins scolaires excellents ils restaient sans réaction. Pas étonnant qu'elle soit tombée dans les bras de Dan alors qu'elle manquait d'affection et se sentait terriblement seule... Répétait-elle les erreurs du passé ? Avait-elle couché avec Jago pour avoir l'impression de compter pour quelqu'un ? Oh ! bien sûr elle comptait pour Thadie, mais en ce moment celle-ci n'était pas très disponible. Elle avait les jumeaux, Clyde et un mariage à organiser. Même si leur amitié était ancienne et solide, ses fils et Clyde comptaient plus que tout pour Thadie. Or de son côté, il fallait bien reconnaître qu'elle rêvait secrètement d'être tout pour quelqu'un. Ou au moins d'avoir toute son attention. Dodi soupira. C'était ce qu'elle avait vécu avec Jago. L'espace d'une nuit, elle avait été l'objet de toute son attention et elle avait adoré ça. Cependant, la nuit en question avait été lourde de conséquences...

Mais toutes les conséquences n'étaient pas forcément catastrophiques. D'accord, elle était furieuse de ne pas avoir choisi de tomber enceinte. Mais d'un autre côté, ce bébé serait quelqu'un avec qui elle aurait des liens indéfectibles. Quelqu'un qui ne pourrait pas la quitter ni lui être enlevé. Quelqu'un qu'elle pourrait aimer sans crainte. Grain de poussière et elle formeraient une équipe. Et elle n'avait pas besoin de M. Rien-ne-m'atteint Le Roux. En tant que parent unique, elle garderait le contrôle de sa vie et de celle de Grain de poussière, qu'elle protégerait physiquement mais aussi émotionnellement. Étant celle qui mènerait la barque, elle ne courrait aucun risque d'être manipulée ni prise au piège dans une situation qu'elle n'aurait pas choisie. C'était une perspective réjouissante…

La sonnerie de l'Interphone interrompit le cours des pensées de Dodi. Elle consulta sa montre. 22 heures passées… Qui pouvait bien venir la voir à cette heure-là ? *Jago*. Ça ne pouvait être que lui. Il était la seule personne de sa connaissance assez arrogante pour sonner à sa porte une demi-journée après l'avoir traitée de manière inqualifiable. Elle ramassa son T-shirt, l'enfila et sortit dans le couloir. Elle s'immobilisa en haut de l'escalier pour consulter l'écran de sécurité fixé au mur. Oui, c'était bien sa voiture de luxe garée devant la grille de la résidence. Elle fit glisser son doigt sur l'écran pour zoomer sur le siège du conducteur. Jago se passait la main dans les cheveux. Les traits tirés, il semblait aussi perturbé qu'elle… Il sonna de nouveau en fixant la caméra, comme s'il sentait qu'elle le regardait. Elle décrocha.

— La réunion a été longue, Le Roux.

— Laisse-moi entrer, Elodie Kate.

Et puis quoi encore ?

— Va-t'en.

— Je peux rester sans problème toute la nuit ici, le doigt

sur le bouton. Tu peux ouvrir maintenant ou à 4 heures du matin, comme tu préfères, mais je ne partirai pas tant que nous n'aurons pas discuté.

Elle serra les dents. Il était assez entêté pour faire ce qu'il disait. Renoncer n'était pas son genre. Donc oui, il resterait là jusqu'à ce qu'elle appelle la police, ou que ses voisins s'en chargent. Elle réprima un juron.

— Je suis au numéro 10. Tourne à droite en entrant, puis encore à droite et à gauche. Je suis au sommet de la colline.

Elle raccrocha d'un geste vif, pressa le bouton qui ouvrait la barrière et appuya son front contre le mur frais. Il était exaspérant. Hyper sexy mais exaspérant.

Jago déposa son téléphone et ses clés sur la console dans le hall de Dodi, puis il la suivit dans un salon au décor éclatant de couleurs. Murs groseille dont un couvert d'estampes représentant des fleurs, canapés bleu roi disposés en L. Six, non, sept splendides plantes en pot. Une porte vitrée ouvrant sur une petite véranda meublée d'un bureau en bois et de chaises vintage des années 1960. Rien n'était appareillé, tout jurait, mais l'effet était très réussi.

— Allons dehors, dit-elle en l'invitant à la suivre à travers le jardin d'hiver jusqu'à une petite terrasse.

Elle indiqua une table en fer forgé peinte en orange vif et resta debout, se balançant sur ses pieds, visiblement mal à l'aise. Ou irritée. Ou les deux. Il réprima une moue de dérision. Impossible de lui en vouloir. Ce matin il avait eu une réaction archinulle et ce soir il débarquait sans prévenir...

— Tu as quelque chose à boire ? demanda-t-il en prenant un ton léger. Je pense que cette conversation exige un peu d'alcool.

Partagée entre le désir de rester polie et la colère, Dodi hésita un instant puis elle proposa :

— Du vin blanc ? Une bière ?

— Du vin, c'est bien.

Dodi tourna les talons sur ses pieds nus et rentra dans la véranda. Il la suivit des yeux jusqu'à ce qu'elle disparaisse dans la maison. Elle avait la silhouette idéale pour porter des leggings moulants. Hanches et fesses rondes, ventre plat et jambes interminables. Des jambes qu'elle avait nouées plus d'une fois sur ses reins en gémissant et en enfonçant les ongles dans son dos... Mais au lieu de s'attarder sur les souvenirs de cette nuit passionnée, il ferait mieux de penser à ses conséquences. N'était-ce pas pour en discuter qu'il était venu ici ? Dodi revint avec une bouteille de vin blanc et deux verres. Elle lui en tendit un et s'apprêta à verser du vin dans l'autre pour le goûter. Mais elle s'interrompit brusquement avec une moue dépitée.

— Un problème ? demanda-t-il.

— Quand on est enceinte, l'alcool n'est pas indiqué.

Il déglutit péniblement. Bien sûr, quel idiot. Il avait désespérément besoin de l'effet apaisant de l'alcool, mais si Dodi devait rester sobre pour cette conversation, la moindre des choses était d'en faire autant. Il demanda un verre d'eau en essayant de ne pas penser à la caisse de Romanée-Conti qu'il avait reçue la veille. Un grand cru fabuleux, contrairement au mélange fruité de produits chimiques que Dodi avait proposé. Serait-il en train de devenir snob ? se demanda-t-il alors qu'elle allait chercher de l'eau. Non, né privilégié, il l'avait sans doute toujours été. Dès son enfance il avait été habitué à bénéficier de tout ce que l'argent pouvait procurer de meilleur. Son père avait beaucoup de défauts mais il avait toujours travaillé dur et poussé ses fils à en faire autant à l'école, à l'université puis dans l'entreprise. Theo ne s'était jamais montré indulgent envers eux. Au contraire, il était beaucoup plus dur qu'avec ses autres employés.

Jago secoua la tête en soupirant. S'il y avait un domaine dans lequel il n'avait jamais eu l'intention de marcher dans les pas de son père, c'était celui-ci. Il s'était juré de ne pas avoir d'enfants. Pour lui, infliger à une nouvelle génération un père détraqué avait toujours été hors de question. Mais une petite erreur, un acte impulsif avait abouti à la création d'une vie. Et sans préavis il avait été propulsé apprenti père. Il n'était pas prêt à assumer cette responsabilité. Il n'en voulait pas. Il avait une peur bleue. Les coudes sur les genoux, Jago se prit la tête entre les mains. Quand il la releva, Dodi était en train de s'asseoir en face de lui. Pour la première fois depuis son enfance, il ne savait pas quoi dire, ni quoi faire, ni quoi penser. Il avait l'impression d'être empêtré dans un filet à mailles étroites, incapable de respirer, de penser, de parler. Que fallait-il faire ? Quelle voie devaient-ils suivre ?

Dodi rompit le silence.

— Pourquoi es-tu ici, Jago ? Tu n'as pas caché tes sentiments ce matin quand tu m'as fait sortir de ton bureau.

Ce matin il était encore sous le choc. Il s'efforçait de comprendre ce qui lui arrivait. Il n'avait eu aucun sentiment à transmettre.

— Je n'ai rien dit, protesta-t-il.

— Exactement ! Je t'ai annoncé que j'étais enceinte de toi et tu m'as répondu que tu avais une réunion. Une réaction digne d'un robot !

Lui, un robot ? Il eut l'impression de recevoir une gifle. D'accord il était distant, mais il n'avait pas toujours été comme ça. Quand il était enfant il était beaucoup plus démonstratif. Toujours prêt à rire et à s'amuser. À donner et à recevoir de l'affection. Mais la versatilité de son père puis la mort de sa mère l'avaient rendu vulnérable. Il avait commencé à prendre ses distances avec les autres et à se tenir sur ses gardes.

L'exaltation - de l'esprit, du discours, des sentiments - était devenue pour lui quelque chose à éviter à tout prix.

Dodi ferma les yeux, inspira profondément et croisa les mains sur son ventre.

— Finis ton verre d'eau, va-t'en d'ici et sors de ma vie. Nous n'avons besoin de toi ni l'un ni l'autre.

— Pardon ?

— Je vais garder ce bébé, Jago, mais c'est *ma* décision. J'ai les moyens de l'élever seule et de lui offrir tout ce dont il a besoin. Nous avions convenu de passer une seule nuit ensemble et je n'attends rien de plus. Je t'ai prévenu que tu allais être père parce que c'est la moindre des choses. Mais à présent, reprends ta vie normalement et fais comme si rien ne s'était passé.

C'était quoi, ce délire ?

Elle n'imaginait tout de même pas qu'il allait s'en aller tranquillement et la laisser avec le bébé sur les bras ? Il savait qu'il avait la réputation d'être impitoyable et obsédé par Le Roux International, mais il avait l'habitude d'assumer ses responsabilités. Il n'allait certainement pas la laisser dicter les règles de cette situation inédite. Comment pouvait-elle envisager un seul instant de le chasser de sa vie et de celle de son bébé ? Elle était la mère de son enfant et ils étaient liés l'un à l'autre pour le reste de leur vie. Que ça leur plaise ou non. S'exhortant au calme, il inspira profondément.

— C'est hors de question.

— Tu voulais juste une nuit. Je ne suis pas assez stupide pour croire que tu as brusquement envie de jouer au papa.

Le regard de Dodi était devenu aussi froid qu'une matinée d'hiver dans le Highveld. Et vu qu'il n'avait jamais voulu d'enfant, il était difficile de la contredire...

— Tu as raison.

— Alors va-t'en, bon sang ! Je t'y autorise !

Le sang de Jago bouillonna dans ses veines.

— Premièrement, je n'ai pas besoin de ton autorisation pour m'en aller ni pour quoi que ce soit d'autre. Deuxièmement, il existe une autre option.

Il avait besoin de l'avoir près de lui. Sinon, comment pourrait-il la protéger des coups durs éventuels ? Comme Micah et Thadie, elle et son enfant étaient à présent sous sa protection.

— Laquelle ? Tu vas me dire que nous devons nous marier ? lança-t-elle d'un ton sarcastique.

— Oui.

Il sentit le sol vaciller sous ses pieds. Quel génie farceur avait parlé par sa bouche ? Il n'avait jamais eu l'intention de se remarier ! Mais contre toute attente, une fois le choc initial estompé, cette perspective ne le terrifiait pas. Ou du moins pas autant qu'elle l'aurait dû... Il regarda Dodi droit dans les yeux.

— Nous *allons* nous marier, tu *vas* t'installer à Hadleigh House, où nous *allons* élever cet enfant ensemble.

Elle se figea, la bouche ouverte et les yeux écarquillés. Il attendit qu'elle se remette de sa stupeur. Mais quand elle reprit ses esprits, au lieu de s'emporter contre lui elle éclata de rire.

— Ça, c'est trop dr le !

Vraim nt ? Bizarre... Il ne voyait pas du tout ce que leur situation avait de drôle. Quelque chose lui échapperait il ?

Le rire de Dodi s'éteignit. Ce regard noir... Incroya le ! Il était séri ux ! Il s'attendait vraiment à ce qu'elle l'épo se ! Après juste quelques conversations et une nuit de sexe.

Aberr nt !

Ayant subi les conséquences de la désinvolture de ses parents à l'égard du mariage, c'était un engagement qu'elle prenait très au sérieux. Pour elle, la décision de se lier à quelqu'un pour la vie ne devait pas être influencée par les circonstances. Elle-même était née d'une « erreur ». Ses parents s'étaient mariés à cause d'une grossesse non désirée, parce qu'ils avaient estimé que c'était la bonne solution. Ça n'avait pas été le cas. Ni pour eux, ni pour elle. Que s'imaginait Jago ? Il était hors de question qu'il lui impose une relation, une maison ou une situation qu'elle n'avait pas choisies. Elle était adulte et parfaitement capable de prendre ses décisions toute seule. Elle n'avait pas besoin d'un homme pour la soutenir, la protéger et encore moins pour la dominer. Pour qui se prenait-il ? Furieuse, elle se leva et se dirigea vers la porte-fenêtre de la véranda. D'un geste impérieux elle lui fit signe de s'en aller. Il resta immobile.

— Va-t'en.

Il croisa les bras.

— Nous sommes en train de discuter.

— Discuter ? Tu te contentes de donner des ordres ! s'exclama-t-elle, vibrante d'indignation. Ça marche peut-être chez Le Roux International mais pas chez moi ! Je ne suis pas une de tes employées et tu n'as pas à me dire ce que j'ai à faire !

Elle crispa les poings, enfonçant les ongles dans les paumes de ses mains. Revenant vers la table à grands pas, elle posa les mains dessus et se pencha vers Jago.

— Tu n'es pas mon patron.

Ils s'affrontèrent du regard pendant un moment. Puis Jago finit par fermer brièvement les yeux. Il se cala dans son siège et prit une profonde inspiration. De toute évidence, il s'efforçait de contenir sa colère.

Peut-être devrait-elle l'imiter. Se redressant, elle lui tourna le dos et fit quelques pas sur la terrasse. Son regard se promena sur le jardin envahi par la végétation. Elle ne s'en était pas occupée depuis des semaines et elle avait très envie de retourner la terre, d'arracher les mauvaises herbes, de remettre un peu d'ordre dans son monde chaotique. Elle se retourna vers Jago.

— Ça pourrait être bien pire, tu sais.

Il la considéra d'un air incrédule.

— Vraiment ?

— Je pourrais être une adolescente sans ressources, enceinte d'un jeune au chômage n'ayant aucune envie de trouver du travail et pas du tout intéressé par moi ni par le bébé. Ou je pourrais déjà avoir quatre enfants à nourrir et pas d'argent pour en élever un cinquième. Mais je suis une femme riche et privilégiée. Indépendante. J'ai les moyens d'élever cet enfant seule, je suis en bonne santé, je possède une maison et j'ai une assurance médicale. Je possède également mon entreprise et j'ai des employés fantastiques. Je peux choisir les moments où je vais travailler et emmener le bébé avec moi.

— Tu as réfléchi à tout, apparemment, commenta Jago d'un ton crispé. Qu'attends-tu de moi ?

— Là, maintenant, je n'ai besoin de rien. Ni que tu voles à mon secours, ni que tu m'épouses, ni rien de ce genre. Ce serait stupide. J'ai l'habitude de me débrouiller seule depuis longtemps et je suis prête à continuer.

« Il n'en est pas question. » Ce fut ce qu'elle lut sur le visage de Jago, aussi clairement que s'il avait parlé. Elle se massa la nuque, épuisée. Elle n'avait pas envie de continuer à discuter...

— Écoute, si tu tiens à reconnaître ce bébé tu pourras faire inscrire ton nom sur l'acte de naissance. Si tu veux faire partie de sa vie, nous pourrons en discuter... droit de visite, etc. Mais je ne veux pas t'obliger à quoi que ce soit et je tiens à ce que tu me traites de la même manière.

— Tout ça est très bien, Elodie Kate, mais tu es en droit de me demander d'assumer mes responsabilités et de jouer mon rôle. J'étais là. Tu n'es pas tombée enceinte toute seule !

Il était autoritaire et habitué à imposer sa volonté, mais à sa façon il s'efforçait d'agir honorablement. Il fallait le reconnaître. Au moment où elle se disait ça, Dodi vit briller la lueur de détermination dans les yeux de Jago. En réalité il ne revenait pas sur sa position, il cherchait juste un autre moyen d'obtenir ce qu'il voulait. *Ça, n'y compte pas, Le Roux.*

— Tu t'imagines que tu vas réussir à me convaincre, au minimum, de m'installer chez toi.

— Je vis dans une maison immense avec une foule d'employés, un grand parc, une piscine et une salle de sport. Tu n'auras pas besoin de faire la cuisine, ni la lessive, ni le ménage. À Hadleigh House, mon personnel et moi, nous nous occuperons de toi.

— Je n'ai pas besoin qu'on s'occupe de moi ! Ce n'est pas ton job ! Jago, tu as l'habitude d'imposer ta volonté. Mais je ne suis ni ton frère, ni ta sœur, ni une de tes nombreuses responsabilités professionnelles. Oui, je suis enceinte de toi. Mais ça ne veut pas dire que tu dois commencer à organiser ma vie.

Elle se dirigea vers la porte-fenêtre et attendit qu'il la rejoigne.

— Ne prends pas de décisions pour moi. Je ne le veux pas et je n'en ai pas besoin. Si tu décides de participer à la vie du bébé, je suis prête à en discuter. Mais je n'accepterai pas de recevoir des ordres et je ne me laisserai pas manœuvrer. Pour l'instant, j'ai besoin que tu t'en ailles. La journée a été très longue et très riche en émotions. Je suis exténuée.

Il hocha la tête.

— Nous reparlerons bientôt. Avec un peu de chance, la discussion sera plus fructueuse la prochaine fois.

Il ne renonçait pas, bien sûr... Elle réprima un soupir. Comment allait-elle réussir à se faire entendre ? À sa grande surprise, il déposa un baiser sur sa tempe.

— Appelle-moi si tu as besoin de moi, Elodie Kate.

Elle s'écarta de lui.

— Je fais en sorte de ne jamais avoir besoin de personne.

Il effleura sa joue et elle lutta contre l'envie de se blottir dans ses bras.

— Commence à réfléchir à ce que tu veux emporter à Hadleigh House, mon ange. Dès que tu me donneras le signal, j'enverrai les déménageurs pour qu'ils emballent tes affaires.

— Je ne vais...

Elle ravala ses protestations et indiqua la sortie.

— Dehors !

Heureusement, cette fois il l'écouta. Mais il y avait de grandes chances pour que ce soit une exception.

7

Le lendemain, un peu avant l'heure du déjeuner, Jago se glissa discrètement chez Love & Enchantment. L'endroit fourmillait de monde. Futures mariées, demoiselles d'honneur, parents... Et, perdus parmi cette foule, quelques hommes qui se demandaient visiblement ce qu'ils faisaient là. En partie dissimulé derrière un énorme bouquet de lys blancs, il observa le spectacle. Une jeune fille en robe meringue se regardait dans un miroir en agitant sa jupe bouffante comme une gamine de quatre ans. Un peu plus loin, une future mariée au look gothique – chevelure de jais et lèvres encore plus noires – étudiait une robe qui avait tout d'un déguisement de Morticia Addams. Noire, bien sûr. Sa voix lui parvint.

— Vous croyez que je pourrais porter un chapeau de sorcière ?

Honnêtement, avec cette robe ça s'imposait ! Il s'appuya contre le mur avec un sourire amusé. Les clientes semblaient ravies, et le personnel de Dodi, visiblement efficace et très détendu, ne perdait jamais le sourire. Et pour sa part, oui, il était content d'être là. Même s'il ne savait pas très bien comment il allait s'y prendre pour présenter des excuses à Dodi. Ce n'était pas un exercice habituel pour lui, mais il fallait reconnaître qu'hier soir il avait été nul. Pour la deuxième fois de la journée... La fatigue et le stress l'avaient rendu maladroit, pour ne pas dire impoli. Avant de parler à Dodi il aurait dû prendre le temps de décompresser et de réfléchir. Et que lui avait-il pris d'exiger qu'elle l'épouse ou au minimum qu'elle emménage chez lui ? Il était capable d'être beaucoup plus subtil que ça. Oui, il voulait qu'elle s'installe à Hadleigh House. Et qu'elle partage son lit… Mais à présent, elle était remontée contre lui et il allait avoir deux fois plus de mal à la convaincre. Qu'elle vienne habiter avec lui était une bonne solution, il le pensait sincèrement. Elle était enceinte, elle dirigeait une boutique et elle vivait seule. De toute évidence, elle était trop indépendante pour demander de l'aide en cas de besoin. Il allait falloir se montrer extrêmement diplomate… Le cœur de Jago fit un bond dans sa poitrine. Dodi sortait de la réserve. Vêtue d'un T-shirt en soie blanche et d'un pantalon large noir, elle arborait un sourire XXL. Un sourire professionnel… Quelque chose n'allait pas. C'était évident. Comme si elle sentait sa présence, elle tourna la tête et son regard se dirigea droit vers lui. Elle arqua les sourcils, tendit à une employée les robes qu'elle portait et traversa la boutique pour le rejoindre.

— Que fais-tu ici, Jago ?

Il réprima une moue de dérision. Impossible de lui dire qu'il n'arrivait pas à se concentrer sur autre chose que leur situation. Ni qu'il pensait au moins autant à elle qu'au bébé…

— Je dois te présenter des excuses pour mon attitude d'hier soir.

Elle attendit, les sourcils toujours arqués. Il se frotta la nuque.

— Je suis désolé, j'ai eu un comportement intrusif.

— En effet. Excuses acceptées.

C'était tout ? Deux mots ? Il plissa le front. Était-elle sincère ?

— Accepte que je t'invite à déjeuner, afin que je puisse te présenter des excuses dignes de ce nom.

— Tu viens de le faire et je ne peux pas m'absenter.

Elle indiqua la boutique bondée.

— Il y a un monde fou, comme tu peux le voir.

Il consulta sa montre.

— Ça devrait se calmer dans combien de temps ?

— Une heure, peut-être deux. Mais je ne peux pas m'absenter aujourd'hui. J'ai trop de choses à faire.

— On est vendredi, Elodie Kate. Les « choses à faire » peuvent attendre lundi.

Elle tâta son front du dos de la main.

— Tu te sens bien ? Qui es-tu et qu'as-tu fait de Jago Le Roux, le bourreau de travail ?

— Très drôle.

— C'est mon avis aussi, acquiesça-t-elle avec un petit sourire.

— Cette robe ressemble à un seau de vomi de chat, déclara une voix féminine.

Dodi le regarda en écarquillant les yeux avant de se tourner vers le groupe le plus proche d'eux. Trois femmes étaient debout devant une blonde qui trônait dans un fauteuil, la mine dédaigneuse. Il était évident que celle-ci détenait le pouvoir au sein du groupe et qu'elle tenait à l'exercer. Jago eut soudain envie de prendre ses jambes à son cou. Il n'était pas du tout à sa place ici. Le mariage, l'amour, les fanfreluches, ce n'était pas son truc. Mais il voulait quand même emmener Dodi déjeuner, la nourrir un peu. Elle semblait trop mince et épuisée. Dormait-elle suffisamment ? Prenait-elle soin d'elle ? Il avait besoin de le savoir...

— Je déteste ce travail, murmura-t-elle, apparemment pour elle-même.

Il la regarda attentivement. Elle disait la vérité. Ça se lisait sur son visage. Elle n'avait aucune envie d'être là... Pourquoi ? Sûrement pas parce qu'une peste était désagréable avec ses demoiselles d'honneur. Dans l'ensemble, cette boutique semblait un lieu de travail joyeux, avec des clientes heureuses de dépenser de l'argent pour leurs robes de conte de fées. Mais la diriger n'enthousiasmait pas Dodi, contrairement à ce que tout le monde croyait. Intéressant... Mais de toute façon, tout était intéressant chez elle...

Dodi se dirigea vers la future mariée méprisante et se pencha sur elle pour lui parler à l'oreille. La jeune femme se redressa, les yeux écarquillés, puis elle se leva et suivit Dodi vers un coin plus tranquille. Pendant que Dodi lui parlait, il la vit pâlir, rougir, puis pâlir de nouveau. Puis elle baissa les yeux sur ses pieds d'un air piteux. Apparemment, Dodi l'avait informée que la malveillance n'était pas tolérée dans sa boutique. Bien joué. Dodi et la future mariée revinrent vers le groupe.

— Mesdames, Dana voudrait vous inviter à déjeuner. Quand vous aurez mangé quelque chose nous reprendrons le rendez-vous. Cela vous convient-il ?

Les trois demoiselles d'honneur regardèrent la future mariée, qui fondit en larmes.

— Je suis désolée. Mais ma mère me manque. Ça me perturbe. Je voudrais tant qu'elle soit là !

Elle ouvrit les bras, et tout le petit groupe s'embrassa en riant et en pleurant. Dodi regarda Jago en roulant les yeux, puis elle le prit par la main pour l'entraîner vers la sortie.

— Entre les enthousiastes, les indécises, les stressées et toutes les autres, c'est un cinéma permanent, ici !

— En tout cas, tu lui as rabaissé le caquet à la dédaigneuse.

— Elle est jeune, angoissée, sa mère lui manque et elle espère qu'un beau mariage lui redonnera le moral. Et que son petit ami la rendra aussi heureuse que dans ses rêves, conclut Dodi d'un ton sarcastique.

— Waouh, cynique ?

— Non, réaliste. Ce ne sont pas les gens – amis, amants, maris – qui peuvent nous rendre heureux. Il faut construire son propre bonheur.

Jago promena son regard autour de lui.

— Et tout ça ne te rend pas heureuse ?

Elle le regarda, se balança d'un pied sur l'autre, détourna les yeux, puis finit par hausser les épaules.

— Non, pas particulièrement.

Elle ouvrit la porte.

— Merci pour la visite et l'invitation à déjeuner. Mais comme tu le vois, j'ai des crises à gérer.

Il sourit.

— Ne fais pas pleurer d'autres futures mariées.

— Je vais essayer.

Elle eut un sourire malicieux.

— Mais il y a toujours le risque que quelqu'un – un père, un fiancé ou une mariée elle-même – se mette à pleurer quand je présente la facture.

Il pouffa.

— Je viendrai te prendre ici à 18 heures, pour dîner de bonne heure.

— Je ne peux pas, c'est…

Il la réduisit au silence en déposant un baiser sur son nez.

— 18 heures. Sois prête.

Il tourna les talons et sentit son regard noir dans son dos. Mieux valait ne pas se retourner, décida-t-il. Sinon, il risquerait de la prendre dans ses bras pour l'embrasser avec fougue. Devant ses clientes, mieux valait éviter.

Si elle allait dîner avec Jago c'était pour une seule raison. Elle mourait de faim – elle n'avait pas eu le temps de déjeuner –, et son réfrigérateur était vide. De toute façon, même s'il était plein, elle n'aurait pas eu le courage de cuisiner. S'installant dans la voiture de Jago, ridiculement basse et sans aucun doute hors de prix, Dodi attacha sa ceinture. Elle n'était même pas enceinte de six semaines, mais les hormones faisaient déjà la révolution dans son corps. Jamais elle n'avait été aussi épuisée. Elle avait des nausées en permanence. Et sa patience, déjà limitée en temps normal, s'amenuisait à chaque instant. Jago lui avait proposé de s'installer à Hadleigh House et de laisser son majordome et ses employés s'occuper d'elle. Il voulait l'envelopper dans du coton et lui simplifier la vie. Eh bien, ce soir elle tombait d'épuisement au point d'être tentée d'accepter.

— Ça va ?

Elle tourna la tête vers Jago en étouffant un bâillement. Pas question de lui avouer qu'elle se sentait vulnérable.

— Juste fatiguée. La journée a été longue, comme la semaine.

— Pour moi aussi. Allons dans un pub pour boire un verre et surtout pour que tu puisses manger quelque chose.

Elle hocha la tête. Dîner, prendre un bain et se coucher tôt. Le paradis ! Il aurait fallu qu'elle travaille – la paperasse s'entassait – mais là elle s'en moquait. Savourant le léger courant d'air frais provenant des aérateurs, elle se laissa glisser sur son siège et sentit ses paupières se fermer. Non, il ne fallait pas qu'elle s'endorme. Mais elle se sentait si bien dans cette voiture... Comme dans un cocon douillet...

Dodi fut réveillée par un claquement de portière. Elle cligna les paupières, désorientée. À travers le pare-brise, elle vit une maison moderne en forme de L, avec un dôme et plusieurs rangées de baies vitrées. Il lui fallut un instant pour reconnaître la maison que Jago habitait quand il était marié à Anju. Elle n'y était venue qu'une seule fois, avec Thadie.

Jago possédait toujours cette maison ? Pourquoi ne l'avait-il pas vendue ? Et que faisaient-ils ici ? Tandis qu'elle détachait sa ceinture, elle le vit parler à un homme athlétique équipé d'un gilet pare-balles et d'un holster contenant un énorme pistolet. Elle ouvrit sa portière, descendit de voiture et se dirigea vers eux.

— Que se passe-t-il ?

Pourquoi n'étaient-ils pas au pub ? Cette maison se trouvait à au moins une demi-heure de voiture de sa boutique... Avait-elle dormi pendant tout ce temps ? Et pourquoi Jago l'avait-il laissée dormir ? Il lui adressa un sourire qui fit battre son cœur. Elle ne voulait pas qu'il soit attentionné. C'était trop troublant. Il indiqua le garde.

— Je te présente Bheki, de la société de surveillance. Une alarme s'est déclenchée ici, alors il m'a demandé de venir.

— Quelqu'un s'est introduit dans la maison ? demanda-t-elle en se rapprochant de lui.

Il effleura son dos.

— Non, personne. Il y a dû y avoir un bug dans le système.

Bheki hocha la tête.

— Je vais y aller, monsieur Le Roux. N'oubliez pas de fermer, dit-il en indiquant la porte ouverte derrière eux.

— Ne vous inquiétez pas. Merci.

Bheki monta dans son véhicule d'intervention et s'en alla. Jago effleura la joue de Dodi du bout du pouce.

— Tu as bien dormi ?

Elle sentit ses joues s'enflammer.

— Oui. Je ne me souviens pas de la dernière fois que je me suis assoupie ainsi pendant une demi-heure.

— Presque une heure, en réalité, dit-il en souriant.

— Tu m'as promenée en voiture pendant une heure ?

Il haussa les épaules.

— Tu avais besoin de sommeil, alors je t'en ai offert.

Elle sentit son cœur se gonfler de joie. C'était une attention délicate. Et très inattendue de la part d'un milliardaire pour qui le temps était de l'argent.

— Et au fait, tu ronfles, ajouta-t-il d'un ton pince-sans-rire.

Elle, ronfler ? Pas du tout ! Pour changer de sujet, elle indiqua la maison.

— Je croyais que tu l'avais vendue.

Le visage de Jago s'assombrit et il secoua la tête. Elle fit un pas vers la porte ouverte, puis s'immobilisa.

— Je peux jeter un coup d'œil à l'intérieur ? Je me souviens que Thadie était enthousiaste.

Comprenant qu'il était sur le point de dire non, elle ajouta précipitamment :

— Juste un petit coup d'œil, Jago.

Il fit la moue avant de la prendre par la main pour monter les trois marches conduisant à la porte d'entrée.

— Elle n'a pas été ouverte pendant un bon moment. Ça doit sentir le renfermé, prévint-il en l'entraînant sous la rotonde haute d'un étage, auquel on accédait par un escalier flottant. Le sol dallé couleur ardoise s'harmonisait avec les murs gris pâle. Le rez-de-chaussée était occupé par un vaste salon-salle à manger comprenant une cuisine américaine au décor blanc et argent, élégant mais froid. Des coussins peints à la main garnissaient le canapé, tandis que de luxueux livres d'art étaient empilés sur une grande table basse en verre. Le tout ressemblait davantage à une maison témoin attendant ses acheteurs potentiels qu'à des lieux ayant été habités. Derrière la rotonde il y avait une grande salle occupée par une table de billard et un coin salon dominé par un immense écran plat mural. Une porte à double battant ouvrait sur une longue terrasse bordée par un couloir de nage pour deux personnes, au-delà duquel se trouvait un jardin très bien entretenu.

Dans le premier salon, il restait des traces d'Anju. Un livre sur la plasticité neuronale était posé sur une petite table basse, avec un marque-page qui dépassait de la couverture. Un cardigan crème posé sur le dossier d'un fauteuil avait dû échapper à l'attention de Jago quand il avait emballé ses affaires. S'il l'avait fait...

— Puis-je voir l'étage ?

Jago hocha la tête et la suivit dans l'escalier. Elle avait l'impression que la maison retenait son souffle. Comme si elle était pleine de tension. Malgré le décor raffiné et les meubles luxueux, l'atmosphère était froide et le lieu respirait l'abandon. En haut des marches, Dodi tourna à droite et jeta un coup d'œil dans trois immenses chambres d'amis avec salle de bains attenante. Impersonnelles comme des chambres d'hôtel, songea-t-elle. De l'autre côté du couloir, elle ouvrit une porte et écarquilla les yeux devant les étagères qui couvraient les murs du sol au plafond, garnies de livres rangés par ordre alphabétique. Elle remarqua un ordinateur portable fermé, une pile de carnets, une autre de chemises contenant des documents, et des stylos dans des pots en terre cuite. Une étagère pleine de dossiers cartonnés courait le long du mur au-dessus du bureau. C'était comme si quelqu'un – une femme – venait de quitter la pièce pour prendre une pause au rez-de-chaussée. Ça ne pouvait être que le bureau d'Anju. Mais pourquoi Jago ne l'avait-il pas vidé ? Pourquoi n'avait-il pas emballé ses affaires ? Perplexe, Dodi quitta la pièce et regarda la porte fermée au bout du couloir. Devait-elle l'ouvrir ou non ? C'était là que Jago et Anju avaient partagé les moments les plus intimes. Avait-elle vraiment envie de voir l'endroit où ils s'étaient aimés ? Pas vraiment, mais elle était curieuse de savoir si Jago avait vidé cette chambre ou si c'était un sanctuaire dédié à la mémoire de sa défunte épouse.

Prenant une profonde inspiration, elle ouvrit la porte et franchit le seuil. Elle arqua les sourcils à la vue de l'immense lit qui dominait la pièce, toute blanche. Des baies vitrées occupant deux côtés, du sol au plafond, laissaient entrer la lumière à flots, mais cela n'empêchait pas le décor d'être terriblement froid. Comme celui d'une chambre d'hôpital... Elle contourna le lit et ouvrit la porte d'une salle de bains équipée d'une vaste cabine de douche double et d'une paire de lavabos en granit. Elle ouvrit le placard situé sous un des deux lavabos et constata qu'il était vide. Incapable de refréner sa curiosité, elle ouvrit le placard situé sous l'autre lavabo. Il était plein de produits de beauté haut de gamme et de luxueux flacons de parfum. Jago avait débarrassé ses affaires mais pas celles d'Anju.

Un dressing communiquait à la fois avec la salle de bains et la chambre, mais il était inutile d'y entrer pour deviner qu'elle y trouverait les vêtements, les sacs, les chaussures et les accessoires d'Anju. Se mordant la lèvre, Dodi retourna dans la chambre et regarda le jardin par la baie vitrée. Jago vivait-il dans le passé ? N'avait-il toujours pas accepté la mort d'Anju ? N'arrivait-il pas à tourner la page ? Elle entendit son pas et se retourna. Il entra dans la chambre. Son visage était impassible, comme à l'ordinaire. Il la rejoignit devant la baie vitrée et s'y adossa, les bras croisés sur son torse puissant, les biceps moulés par le tissu de sa chemise.

Elle fut envahie par une vive chaleur. Pourquoi avait-elle encore envie de lui à ce point ? Son corps vibrait de désir mais sa raison lui recommandait la prudence. C'était un homme compliqué, en proie à des démons intérieurs. De son côté elle avait ses propres problèmes. Elle n'avait pas envie de l'aider à résoudre les siens. Et de toute façon, il ne l'accepterait pas. C'était l'être le plus distant qu'elle ait jamais rencontré. Il n'était pas du genre à s'épancher.

— La maison te plaît ? demanda-t-il.

Elle aurait aimé pouvoir répondre par l'affirmative, mais c'était impossible. Cette maison la rebutait. Oh ! elle était spectaculaire et luxueuse, mais quelle froideur... Elle n'avait aucune âme. Comment l'expliquer à Jago avec diplomatie ?

Il esquissa un sourire.

— Ne te fatigue pas à essayer d'être diplomate. Je vois que tu ne l'aimes pas.

Oups... Elle haussa les épaules.

— Je préfère de loin ta maison de famille. Elle est plus... chaleureuse.

Elle s'éloigna, s'assit sur le lit et croisa les jambes. Devait-elle lui demander pourquoi il n'avait pas vendu ni vidé cette maison ? Avait-elle le droit de lui poser ce genre de question ? Non, sans doute pas. Ils n'étaient pas amis... Mais ils allaient avoir un enfant ensemble.

— Pourquoi n'as-tu pas vidé cette maison ?

Il se rembrunit et resta silencieux. Elle se mordit la lèvre. Devait-elle insister ou laisser tomber ? De toute évidence, il n'avait qu'une envie. Qu'elle le laisse tranquille. Il n'était pas prêt à parler de sa défunte épouse avec elle ni, le connaissant, avec personne. Sujet tabou. Alors pourquoi était-elle aussi tentée d'insister ? Elle-même détestait les questions indiscrètes. Elle tenait à préserver son jardin secret. La moindre des choses était de respecter celui de Jago. Elle se leva.

— Je suis désolée, je n'ai pas le droit de me mêler de ce qui ne me regarde pas.

Silence. Elle attendit un instant, puis elle soupira.

— Je vais t'attendre en bas, et si tu veux bien je crois que je vais renoncer au dîner. Je suis très fatiguée.

Elle atteignait le seuil de la pièce quand Jago s'éclaircit la voix.

— Je ne voulais pas qu'elle soit oubliée. C'est pour ça que je n'ai pas vidé la maison.

Elle se retourna et s'adossa au mur. Jago avait enfoncé les mains dans les poches de son pantalon, et une vive émotion se lisait dans ses yeux.

— Tu devais beaucoup l'aimer, Jago. Je suis désolée.

Il la regarda d'un air perplexe, comme s'il était prêt à la contredire. Non, ça n'avait aucun sens. Il avait épousé Anju, et les quelques fois où elle les avait vus ensemble ils lui avaient paru heureux.

— Tu l'aimais, n'est-ce pas ?

Il haussa les épaules.

— Je ne sais pas si on peut parler d'amour.

Quoi ?

Il enleva ses boutons de manchette et les mit dans sa poche. Puis il remonta ses manches, révélant des avant-bras hâlés et musclés. Très sexy.

Ne te laisse pas distraire, Dodi.

— Deux ou trois semaines après la mort de ma mère, mon père a fait mettre toutes ses affaires dans des cartons. Toutes. Sans nous consulter ni nous demander si nous souhaitions garder des souvenirs d'elle.

Dodi resta bouche bée. À la fois parce que Jago se confiait et parce que ses propos paraissaient incroyables.

— Pardon ?

Il eut un sourire amer.

— Il a effacé toutes les traces de sa présence dans notre vie. Il a donné tous ses vêtements à une organisation caritative, confié ses bijoux à une salle des ventes, brûlé ses agendas et ses papiers personnels.

Le cœur de Dodi se serra. Incroyable, et surtout très triste.

— Six semaines plus tard il entamait sa relation avec Liyana, poursuivit Jago d'une voix sans timbre. Je suppose que c'est la véritable raison pour laquelle je n'ai pas vidé cette maison. Je ne voulais pas agir de la même manière avec Anju.

Il passa les doigts dans ses cheveux.

— Il y a une autre raison, également liée à mon père. Il n'approuvait pas mon mariage avec Anju. Le jour où je le lui ai annoncé, il m'a dit que je ne savais pas ce que je faisais et que je commettais une erreur. Il a refusé de m'aider à acheter une maison et n'a pas voulu non plus que je loue une des nombreuses propriétés de Le Roux International. Je n'ai pas tenu compte de son avis. Et nos relations, déjà difficiles, se sont encore détériorées.

« En me mariant je le défiais, ce qu'il ne supportait pas. Il était prêt à tout pour me mettre des bâtons dans les roues. Avec l'argent que m'avait laissé ma mère plus un emprunt important j'ai acheté cette maison et conçu son aménagement. C'est le seul bien que je possède qui n'ait rien à voir avec Le Roux International ni avec ma famille. Il est entièrement à moi.

— Pourquoi est-ce important pour toi ?

— C'est mon plan de secours. En cas de problème chez Le Roux International, j'ai cette propriété. Je peux m'y installer ou bien la rentabiliser pour démarrer une autre affaire. J'anticipe toujours les problèmes, Elodie Kate. J'envisage les pires scénarios et je me prépare à affronter la situation.

Waouh. Quelle manière de vivre épouvantable… Et l'angoisse qu'elle supposait devait être profondément ancrée chez Jago, parce que Le Roux International était l'une des entreprises les plus importantes et les plus prospères du pays et même du continent. Seule une catastrophe aux proportions démesurées pouvait provoquer sa faillite… Elle aurait pu souligner les failles dans son raisonnement mais elle n'en avait pas le droit. C'était à lui d'accomplir ce chemin. Pas question de lui donner des conseils qu'il n'avait pas sollicités.

— Pas de commentaires ? demanda-t-il.

Elle secoua la tête.

— Non. Anju était ta femme, cette maison est la tienne et c'est ta façon de réagir.

Comment aurait-elle pu le juger alors qu'elle-même n'avait pas encore réglé ses problèmes ? L'extravagance de ses parents et leur indifférence à son égard, puis les infidélités de Dan et ses mensonges l'avaient convaincue que l'amour était un conte de fées inventé pour inciter les gens à acheter des cadeaux de Saint-Valentin, des bagues de fiançailles et des robes de mariée. Pas étonnant qu'elle ait le sentiment de participer à une escroquerie en gagnant sa vie à la tête de Love & Enchantment... Mais ce n'était pas d'elle qu'il était question. C'était de Jago, de cette maison et de son passé. Dodi se força à sourire et indiqua la porte. Vivement qu'ils sortent d'ici, elle étouffait !

— On y va ?

Jago hocha la tête et la suivit. Dehors la nuit tombait et la température avait un peu baissé. Elle devait accoucher au début du mois de décembre, un des plus chauds de l'année. Se promener avec un ventre énorme par une chaleur étouffante n'allait pas être très drôle. Jago entra le code sur le panneau de commande de l'alarme et ferma la porte.

Dans la voiture il mit la climatisation en marche et ils poussèrent tous les deux un soupir de soulagement quand l'air frais se répandit dans la cabine.

— Je t'ai demandé de dîner avec moi ce soir pour que nous puissions discuter de l'avenir et du bébé, mais nous n'avons pas encore abordé le sujet.

Oh non, pas ce soir ! Elle était épuisée. Demain c'était son adjointe qui tiendrait la boutique, et à présent elle n'avait qu'une envie. Boire une tasse de thé, prendre une douche et dormir.

— Je suis vraiment fatiguée, Jago. Et pas assez en forme pour discuter.

— D'accord. Une autre fois.

Quelques minutes plus tard ils roulaient sur l'autoroute, dans la circulation des heures de pointe.

— As-tu parlé du bébé à Thadie ou à quelqu'un d'autre ?

Non, et elle se sentait coupable de cacher une nouvelle aussi énorme à sa meilleure amie. Mais de toute façon, en ce moment Thadie traversait elle-même une période stressante.

— Non. Je ne veux pas distraire Thadie de tout ce qu'elle a à faire. Et de toute façon, je trouve plus raisonnable d'attendre au moins d'avoir vu l'échographie. En général, les médecins conseillent d'attendre trois mois avant d'en parler. Il y a un risque de fausse couche en début de grossesse.

Jago lui lança un regard aigu.

— La possibilité d'une fausse couche t'inquiète ?

Elle haussa les épaules.

— Je suis en bonne santé, mais des tas de femmes en bonne santé font des fausses couches. Attendons la première échographie. Dans environ huit semaines. Si tout va bien à ce moment-là, nous pourrons mettre ta famille au courant. Et nous devrions peut-être également attendre le même moment pour discuter de l'avenir.

La famille de Jago. Parce que de son côté elle n'en avait plus. Oh ! comme sa grand-mère lui manquait... Elle sentit le regard de Jago sur elle.

— Je suis d'accord pour garder le secret jusqu'à l'échographie, mais pas pour reporter notre discussion. Le plus tôt sera le mieux.

Tant pis... Elle avait au moins essayé.

Jago quitta l'autoroute et s'arrêta à un feu rouge.

— Que fais-tu ce week-end ? demanda-t-il en pianotant sur le volant.

— Je vais avant tout me reposer. Et avec un peu de chance, voir Thadie et les jumeaux.

— Le week-end prochain ?

— Eh bien...

C'était très vexant de reconnaître que sa vie sociale était inexistante. Qu'elle passait la plupart de ses week-ends à faire le ménage ou à regarder des séries sur Netflix.

— Rien d'excitant... pourquoi ?

— Le samedi je suis invité à une soirée de collecte de fonds destinés à une association pour la recherche sur le cancer. Ça se passe au Moon. Tu veux venir avec moi ?

Au Moon ? Un des établissements les plus chics de la ville ? Ça alors... Jago l'invitait à sortir avec lui ? Mais pourquoi ? Ils avaient juste couché une fois ensemble, ils n'avaient pas prévu de recommencer, et elle était enceinte de lui... Pourquoi compliquait-il une situation déjà complexe ?

Comme s'il lisait dans ses pensées, il lui pressa le genou.

— Arrête de te prendre la tête, Dodi. J'ai besoin de quelqu'un pour m'accompagner, et de ton côté je pense que tu as besoin de sortir de chez toi. Viens avec moi, rencontre des gens nouveaux et profites-en pour faire de la publicité à ta boutique. Dans ce genre de soirée, il y a toujours une fiancée ou deux à la recherche de sa première, deuxième ou troisième robe de mariée. Autant que ce soit toi qui leur vendes du rêve en dentelle.

Semblait-elle aussi cynique que lui quand elle parlait du mariage ? se demanda-t-elle. Si oui, elle ferait bien de changer de ton. Il lui pressa de nouveau le genou. Ah, il attendait sa réponse...

— Je ne sais pas, Jago. Nous avions dit une nuit, pas plus.

— Rien n'est gravé dans le marbre, Dodi. Et puis nous pouvons passer une soirée ensemble sans nous jeter l'un sur l'autre, non ?

Elle réprima une moue dubitative. Lui, il pouvait peut-être. Elle, ce n'était pas si sûr...

— Et puisque nous allons avoir un enfant ensemble, il me semble que nous devrions au moins essayer d'être amis, ajouta-t-il.

Bien sûr... Elle comprenait son raisonnement, mais son cœur et son corps n'étaient pas d'accord avec celui-ci. S'ils étaient amis, il ne dévorerait pas sa bouche, il ne promènerait pas les lèvres ni la langue sur ses seins, sur son ventre, entre ses cuisses...

— Dis oui, Dodi. Ne me laisse pas y aller seul.

— Je suis sûre qu'il y a au moins une quinzaine de femmes que tu peux appeler et qui seraient ravies de t'accompagner.

— Bien sûr. Mais tu es beaucoup plus intéressante que n'importe laquelle d'entre elles.

À son grand dam, elle fut parcourue d'un frisson. *Intéressante.* Était-ce flatteur ou pas ? Si seulement elle le savait...

8

Jago s'arrêta devant la porte du double garage de Dodi et coupa le contact. Sa main tremblait. Pourquoi ? De la nervosité ? Il n'était jamais nerveux. De la peur ? Sûrement pas !

C'était de l'excitation. Il était tout simplement émoustillé à la perspective de passer la soirée en compagnie d'une femme. Non, à la perspective de voir Dodi. De passer du temps avec elle. Il ne l'avait pas vue depuis dix jours, mais il avait souvent pensé à elle. Très souvent. Plus d'une fois il avait eu un mal fou à résister à la tentation de passer chez elle ou à la boutique. Pour s'assurer qu'elle allait bien et aussi pour plonger son regard dans ses yeux gris-bleu, pour compter les taches de rousseur sur son nez, pour sentir ses lèvres pulpeuses sous les siennes...

Chaque nuit était un véritable supplice. Trouver le sommeil lui prenait des heures et, quand il y parvenait enfin, il faisait des rêves classés X dans lesquels elle tenait la vedette. Il ne se reconnaissait plus. Jamais auparavant il n'avait été fébrile avant un rendez-vous. Jamais il n'avait été déconcentré pendant des réunions de travail. À présent, il ne cessait d'être distrait par des questions et des inquiétudes qui le poursuivaient. Comment en était-il arrivé à parler à Dodi de son père et de son passé, des sujets qu'il n'abordait jamais avec personne ? Quels problèmes risquaient de survenir au cours de sa grossesse ?

Et après la naissance du bébé ? Comment allaient-ils élever un enfant ensemble ? Quels désaccords risquaient de les opposer ? Quels obstacles potentiels pouvait-il prévoir et résoudre dès maintenant… ?

Il n'avait jamais passé autant de temps à penser à une femme. Il aurait intérêt à étouffer cette obsession dans l'œuf avant de perdre totalement le contrôle de la situation. Il refusait de perdre la tête à cause de son désir pour elle. Il avait trop souffert des hauts et des bas de la relation entre ses parents. Il avait besoin d'équilibre et de stabilité. Pas de passion. C'était la raison pour laquelle il avait épousé Anju, non ?

Et franchement, il avait beaucoup d'autres problèmes à régler. Micah et l'organisateur d'événements auquel il avait fait appel – une société que leur père avait acquise pour que Liyana en assure la gestion mais dont elle s'était rapidement désintéressée – n'avaient toujours pas trouvé de nouveau lieu pour le mariage de Thadie, et le temps pressait.

Sur les réseaux sociaux Thadie était la cible d'un nombre inhabituel de menaces, d'où un intérêt accru de la part de la presse et du public. À tel point qu'elle avait été obligée d'engager un garde du corps. Après avoir réussi à annuler la réservation du lieu prévu pour la réception, son harceleur avait tenté la même manœuvre auprès du traiteur et du fleuriste. Par chance, ils avaient tous les deux appelé Thadie pour avoir une confirmation, ce qui avait permis d'éviter l'annulation.

Thadie, et par ricochet Micah et lui – et sans doute Dodi – avait les nerfs à fleur de peau dans l'attente de la prochaine agression. Et honnêtement, sa sœur n'avait rien d'une future mariée rayonnante. Elle était redevenue aussi maigre que pendant son adolescence, ses traits étaient tirés et son regard, hanté.

Les problèmes de Thadie et son obsession pour Dodi occupaient tout son esprit, si bien qu'il n'avait pas eu le temps de réfléchir à sa future paternité. À moins qu'il ait délibérément évité d'y penser tant cette idée l'effrayait… Il aimait les jumeaux de Thadie, il les aimait vraiment beaucoup, mais il n'avait aucune expérience des enfants et il n'avait jamais eu l'intention d'en avoir. Il ressemblait trop à son père. Ne risquait-il pas d'être un aussi mauvais père que Theo ? Il ne se le pardonnerait jamais. Mais il ne pouvait pas non plus décider d'abandonner Dodi et le bébé. C'était hors de question !

Jago se massa la nuque. Pour l'instant, il pouvait soit rester dans sa voiture à se triturer la cervelle ou bien en sortir, sonner chez Dodi puis emmener une femme exceptionnellement séduisante à une soirée caritative qui se tenait dans un lieu enchanteur au cœur de la ville. Jago descendit de voiture, se dirigea vers la porte d'entrée et sonna. Il entendit Dodi crier qu'elle arrivait. Quelques minutes plus tard elle ouvrit la porte, uniquement vêtue d'un peignoir en soie qui collait à sa peau mouillée. Il déglutit péniblement, submergé par une vague de désir. Bon sang, il n'avait qu'une envie. La prendre dans ses bras et l'embrasser à perdre haleine en la débarrassant de cette fine enveloppe de soie.

— Oh ! je suis terriblement en retard ! Je suis désolée ! s'exclama-t-elle en l'attirant dans le hall et en claquant la porte derrière lui. Ses cheveux mouillés étaient noués sur le sommet de son crâne, des gouttes glissaient le long de son cou jusqu'à son décolleté, et ses longs cils cuivrés en retenaient quelques-unes prisonnières. De toute évidence, elle sortait littéralement de la douche.

— Tu peux m'accorder un quart d'heure ? Vingt minutes… ?

Le cerveau embrumé, il resta silencieux à la contempler en luttant contre la tentation de l'embrasser. Puis elle bâilla et plusieurs détails attirèrent enfin son attention. Elle était toute pâle, elle avait les yeux rouges et gonflés, sa lèvre inférieure tremblait… Il en oublia son désir – enfin, presque – et referma la main sur son épaule alors qu'elle s'éloignait vers l'escalier. Il la fit pivoter face à lui. Elle fuyait son regard… Il lui prit le menton.

— Hé, qu'est-ce qui ne va pas ? On dirait que tu as pleuré.

Elle se mordit la lèvre et haussa les épaules.

— La journée a été particulièrement difficile.

— Au travail ou du point de vue de ta grossesse ?

— Les deux. Ce matin j'ai eu des nausées, mais apparemment mon corps semble insister pour que j'en aie plusieurs fois par jour. Et puis je suis fatiguée. Je n'ai jamais été aussi fatiguée de ma vie.

Si elle avait vécu avec lui, il l'aurait su tout de suite. Il aurait pu appeler le médecin, l'obliger à se recoucher, l'aider, quoi ! Mais ce n'était pas le moment d'entamer une querelle… Jago réprima son irritation.

— Est-ce normal ?

Elle haussa les épaules.

— Apparemment, oui. Certaines femmes sont plus fatiguées que d'autres, paraît-il.

Elle s'écarta de lui pour remonter à l'étage mais il lui barra le passage en se plaçant entre elle et l'escalier.

— Attends, que s'est-il passé à la boutique ?

Elle ferma les yeux.

— Des mariées désagréables, des mariées odieuses, des mères exigeantes, des demoiselles d'honneur geignardes.

Elle lui tapota le torse.

— Si je ne me dépêche pas, nous allons être en retard. Très en retard.

Aucune importance. Il avait ses entrées dans tous les lieux les plus prestigieux de la ville, de la plupart des villes, et personne ne se formaliserait de son retard. Les collecteurs de fonds savaient que la présence d'un Le Roux à une soirée caritative était un aval précieux, et il serait accueilli les bras ouverts quelle que soit l'heure à laquelle il arriverait. C'était l'intérêt de porter un nom synonyme de pouvoir.

— Ils survivront.

Dodi vacilla et il referma les mains sur ses hanches pour l'empêcher de perdre l'équilibre. Elle était de plus en plus pâle...

— Quand as-tu mangé pour la dernière fois, Elodie Kate ?

Elle fronça le nez.

— Au petit déjeuner ? Peut-être une pomme en milieu de matinée ?

Il serra les dents. C'était n'importe quoi... Et il ne pouvait pas l'emmener dîner dehors avant qu'elle tienne un peu mieux sur ses jambes. Elle avait besoin de se nourrir. Et peut-être de se coucher tôt.

— Enfile des vêtements confortables. Je vais appeler Jabu pour lui demander de nous apporter quelque chose à manger.

Dodi le regarda d'un air effaré.

— Sûrement pas ! Ton majordome ne va pas me préparer un repas et faire quarante-cinq minutes de voiture pour me l'apporter !

— Il est capable de préparer un repas en un clin d'œil. Il aime conduire et il aime encore plus être utile. Si je l'appelle maintenant, nous pouvons dîner dans une heure et demie.

— Tu pourrais tout simplement commander des plats préparés.

— Contraires à toutes les lois de la diététique ? Pas question.

— Et ta soirée caritative ?

— Je leur ferai un chèque plus gros que prévu pour compenser mon absence.

Un petit sourire adorable étira les lèvres de Dodi.

— Tu n'en finis pas de me surprendre, Jago.

Une fois de plus, il fut terriblement tenté de la prendre dans ses bras et de l'embrasser. Non seulement parce qu'il la désirait – il la désirait en permanence – mais aussi pour la réconforter, lui manifester un peu de tendresse. C'était curieux… La tendresse ne lui était pas familière. Elle faisait partie des émotions qui le rendaient vulnérable et qu'il avait tendance à fuir. Il regarda Dodi monter l'escalier avec lenteur en se tenant fermement à la rampe. Impossible de lui demander de sortir ce soir. Elle était visiblement au bout du rouleau, émotionnellement et physiquement. Et à vrai dire, la perspective de passer la soirée chez elle, dans ce décor chaleureux un peu bohème, et de partager un repas en bavardant n'était pas déplaisante.

Jago appela Jabu, puis il enleva sa cravate et la posa sur la console de l'entrée avec son téléphone, ses clés et son portefeuille. Remontant ses manches, il gagna la cuisine et trouva une bouteille de vin à peine entamée dans le réfrigérateur. Il chercha un verre et se servit. Oui, il se sentait bien dans cette maison où des effluves discrets de rose et de cire d'abeille embaumaient l'air. Les bruits qui parvenaient de l'étage, où Dodi se préparait, la musique jouée en sourdine sur la chaîne hi-fi, des aboiements lointains… tous ces sons contribuaient à créer une atmosphère cosy, apaisante. Agréable. *Très* agréable.

Dodi commit l'erreur de s'allonger sur son lit et s'endormit aussitôt. Un bruit de voix masculines et de rires étouffés provenant du rez-de-chaussée la réveilla. Puis elle entendit la porte d'entrée se fermer et une voiture démarrer. Le majordome de Jago venait de repartir… Combien de temps avait-elle dormi ? Vêtue de leggings noirs et d'un ample haut grège, elle attacha ses cheveux ébouriffés en queue-de-cheval et descendit au rez-de-chaussée. Elle trouva Jago dans la cuisine, devant l'îlot central sur lequel étaient posées deux cloches en argent.

— Je me suis endormie, dit-elle avec une moue contrite. Une fois de plus.

Il lui sourit.

— Je sais. J'étais inquiet alors je suis monté à l'étage et je t'ai vue sur ton lit.

Elle jeta un coup d'œil à l'horloge murale. Deux heures qu'elle était montée…

— Qu'as-tu fait pendant tout ce temps ?

— J'ai pris mon ordinateur dans ma voiture et j'ai travaillé.

Elle grimaça.

— Je suis vraiment désolée.

— Tu avais besoin de sommeil et je suis un grand garçon. Je sais m'occuper tout seul.

Les gens considéraient Jago Le Roux comme un homme brusque et froid, mais la réalité était tout autre, songea-t-elle. Au fil des semaines, elle avait découvert que son masque impassible cachait un homme sensible. Il serait très facile de tomber amoureuse de lui. Outrageusement sexy, amant fantastique, riche comme Crésus et très attentionné, c'était en plus le père de son enfant. Oui, se laisser aller à rêver était très tentant. Mais elle était bien placée pour savoir que la vie n'était pas un conte de fées. Même quand on finissait par avoir la chance d'être sincèrement aimée par quelqu'un, ce bonheur pouvait être détruit à tout moment. Elle n'avait eu que huit ans, huit courtes années, auprès de sa grand-mère avant que celle-ci lui soit arrachée par la mort.

Bien sûr il y avait Thadie. Elle l'adorait et avait une confiance absolue en elle. Mais elle savait que la seule personne sur laquelle elle pouvait entièrement compter, c'était elle-même. La migraine qui n'avait pas quitté Dodi de la journée s'intensifia. Vacillante, elle se massa les tempes. Aussitôt, Jago glissa un bras autour de sa taille et la souleva de terre pour la porter jusqu'à la petite table collée contre le mur, et la déposer sur un siège. Puis il lui servit un verre de bière de gingembre sans alcool.

— Bois ça.

Elle poussa un petit soupir d'aise quand le liquide acidulé

coula dans sa gorge. Dans quelques minutes, le sucre allait lui donner un coup de fouet. Elle retrouverait un peu d'énergie et pourrait peut-être même aller à la soirée de Jago. Il posa devant elle une petite assiette de crackers garnis de fines rondelles de tomates recouvertes de mayonnaise.

— J'ai préparé ça tout à l'heure parce que je mourais de faim. Avale quelque chose, Dodi. Tu donnes l'impression que tu pourrais t'envoler au moindre souffle d'air.

Bien vu... Dodi prit un cracker. Elle allait en manger un, deux si Jago insistait, mais sans doute pas plus. Tout l'écœurait. Elle mit le cracker dans sa bouche et ferma les yeux avec un petit gémissement de plaisir. Le goût légèrement épicé de la mayonnaise était divin. Elle prit un deuxième cracker, puis un troisième. Bientôt l'assiette fut presque vide. Jago lui adressa son demi-sourire ravageur.

— Ça t'a plu ?

— C'était délicieux.

Il indiqua les cloches sur l'îlot central.

— Tu veux dîner tout de suite ou tu peux attendre ?

— Je peux attendre.

Il lui resservit de la bière de gingembre, puis ajouta dans son verre quelques feuilles de menthe cueillies dans le pot posé sur le rebord de la fenêtre, et enfin un glaçon. Après avoir rempli son verre de vin, il la rejoignit à table, s'adossa au mur et allongea ses jambes.

— Raconte-moi ton horrible journée.

Elle secoua la tête en grimaçant.

— Elle est terminée. Je préfère l'oublier.

— Raconte-moi. J'ai envie de savoir.

Elle passa un doigt sur son verre recouvert de buée. Que lui dire ? Par où commencer ? Il y avait eu des scènes épiques.

— Le samedi, c'est toujours mouvementé, mais aujourd'hui ça a été la folie. Ça n'a pas arrêté entre les rendez-vous et les visites non programmées. Deux de mes conseillères ont téléphoné pour dire qu'elles avaient une gastro. Mais comme elles sont très amies et qu'elles m'avaient demandé si elles pouvaient prendre leur week-end, je ne crois pas vraiment à cette gastro.

« Quoi qu'il en soit, ça a été la cohue dès l'ouverture et je pense que la chaleur plus la foule ont mis à rude épreuve les nerfs de tout le monde, depuis les employées jusqu'aux mariées en passant par leur entourage. Au fil de la journée la tension est montée et ça a commencé à dégénérer. »

— C'est-à-dire ? demanda Jago quand elle s'interrompit.

— Eh bien... Une mariée qui avait pris cinq kilos ne rentrait plus dans sa robe. Elle a rejeté la faute sur ma couturière la plus expérimentée en l'accusant de s'être trompée en prenant les mesures. Pendant ce temps une mariée et sa demoiselle d'honneur ont commencé à se quereller quand la première a choisi une couleur hideuse pour la robe de la seconde. Le ton est rapidement monté et ça s'est terminé par des cris de rage.

Jago se tourna face à elle et posa les coudes sur la table en fixant sur elle un regard attentif. Il s'intéressait visiblement à ce qu'elle disait et il ne lui avait jamais paru aussi sexy.

Du calme, Dodi. Concentre-toi.

— Une autre mariée a voulu absolument une robe qui coûtait le triple du budget de son père. Ce dernier a essayé de la payer en utilisant trois cartes de crédit différentes, qui ont toutes été rejetées. Elle a fondu en larmes et il n'était pas loin de l'imiter.

Jago tendit la main pour lui caresser le poignet du bout du pouce. C'était juste un geste de réconfort, se dit-elle en s'efforçant d'ignorer les étincelles de désir qui jaillissaient tout le long de son bras.

— C'était la pagaille partout. À un moment je suis montée

dans mon bureau, j'ai pressé un coussin contre mon visage pour pouvoir hurler sans qu'on m'entende.

Et elle avait pleuré.

— Rude journée, en effet.

Oui, mais après tout elle était arrivée au bout sans tuer ni estropier personne, ce qui pouvait être considéré comme une victoire. Il fallait juste qu'elle continue encore pendant, disons... une trentaine d'années.

— Peux-tu engager quelqu'un pour t'aider ? demanda Jago. *Puis-je* engager quelqu'un pour t'aider ?

Elle roula des yeux.

— Non, tu ne peux pas. Et je n'ai pas réellement besoin d'une employée supplémentaire. J'ai juste envie par moments de me décharger de toutes mes responsabilités.

Elle lut la compréhension dans les yeux de Jago. Lui qui n'était pas responsable de trente personnes mais de plusieurs milliers, comment parvenait-il à dormir ?

Il but une gorgée de vin d'un air songeur.

— Explique-moi la véritable raison pour laquelle tu n'aimes pas vendre des robes de mariée.

Elle tressaillit, prise de court par cette question à laquelle elle ne s'attendait pas. Jago se doutait qu'elle détestait Love & Enchantment et qu'elle se faisait violence chaque jour pour y aller. Mais elle ne pouvait pas se résoudre à le lui confirmer. En avouant à quelqu'un qu'elle ne supportait pas son travail, elle aurait le sentiment de trahir sa grand-mère, ce qu'elle supporterait encore moins. Elle inspira profondément.

— J'ai juste eu une journée difficile, Jago, rien de plus.

Il pencha la tête sur le côté et se toucha l'aile du nez.

— Tu fronces toujours légèrement le nez d'un côté quand tu mens.

Pas du tout ! Faisait-elle vraiment ça ?

— Je ne mens pas, dit-elle en se forçant à soutenir le regard de Jago. Journée difficile, clientes exaspérantes. Passons à autre chose.

Jago osa sourire.

— Non. Creusons le sujet. Quel est ton problème avec cette activité, Elodie Kate ? Et que ferais-tu si tu n'étais pas propriétaire d'une boutique de robes de mariée ?

Oh ! ça, c'était une question à laquelle il était facile de répondre. Elle détestait les robes de mariée mais elle adorait la mode. Ce qui lui plairait, ce serait d'ouvrir une boutique de vêtements et de décoration vintage. Elle l'imaginait très bien, pleine de meubles suédois et de luminaires italiens des années 1950, d'objets en verre Art déco et de vêtements de grands couturiers. Dodi soupira. Oui, mais elle avait déjà une boutique, qui lui venait d'une femme qui lui avait offert un foyer, qui l'avait aimée et qui avait compté sur elle pour reprendre le flambeau.

Dodi posa le coude sur la table, appuya sa joue contre sa paume et regarda Jago. Elle avait envie de se confier à lui. De lui expliquer qu'elle était partagée entre sa gratitude envers sa grand-mère et son aversion pour l'héritage qu'elle lui avait laissé. En espérant qu'il comprendrait...

— Tu as raison. J'ai un problème avec la boutique.

Elle se mordit aussitôt la langue. Oh ! pourquoi avait-elle cédé à la tentation ? Elle n'aurait jamais dû dire ça ! Maintenant elle se sentait terriblement coupable... Jago hocha la tête.

— Je le sais depuis un moment. Le jour de l'essayage de la robe de Thadie, tu étais très professionnelle, très efficace, mais tu ne semblais pas émue du tout.

— Allons bon, j'espère que Thadie ne s'en est pas aperçue.

— Non, si je l'ai remarqué c'était parce que je te regardais très attentivement.

— Ah bon ? Et pourquoi ?

Jago eut un sourire attendri.

— Parce que je t'avais frôlée par inadvertance un peu plus tôt et que j'avais été ramené en arrière, jusqu'à ce baiser que nous avions échangé. Non seulement je luttais contre l'envie de te prendre dans mes bras, mais je me demandais comment la meilleure amie de ma sœur avait pu se transformer en une femme encore plus superbe que celle que j'avais embrassée cinq ans plus tôt. Et pourquoi tu déclenchais des accélérations bizarres de mon rythme cardiaque.

La voix profonde de Jago était merveilleusement apaisante. Et il avait ressenti tout ça ? Vraiment ?

— Ah... Je ne sais pas quoi dire.

Mais je pourrais t'embrasser ! T'embrasser pendant des heures et des heures...

Jago s'éclaircit la voix, se leva et prit son verre. Il sortit la bouteille de vin du réfrigérateur et se resservit avant de la presser brièvement contre son front. Puis il poussa un long soupir avant de la remettre au frais. Mais au lieu de revenir s'asseoir en face de Dodi, il s'appuya contre l'îlot central et croisa les chevilles.

Comme elle aimerait le voir en jean et T-shirt, ou en short de surf... Il était si bien bâti qu'il était de toute façon sexy. Même en pantalon noir et chemise blanche, mais elle aimerait vraiment le voir dans une tenue différente. Nu. Entièrement nu, ce serait bien.

— Pourquoi détestes-tu travailler à Love & Enchantment, Dodi ?

Allons bon, il remettait ça... Comment changer de sujet ? Elle manquait d'inspiration... et d'énergie. De toute façon, quelle importance si Jago connaissait la vérité ? Il était la seule personne au monde qui ne commettait jamais d'indiscrétion. Il n'y avait aucun risque qu'il trahisse son secret.

— Je me sens coupable d'imposture.

Voilà, c'était dit.

— Coupable d'imposture ? répéta Jago en plissant le front.

Elle baissa les yeux et se mit à tracer des dessins imaginaires sur la table. Si elle le regardait, elle ne parviendrait pas à s'exprimer.

— Mes grands-parents vivaient un véritable conte de fées. Au dire de tout le monde c'étaient deux âmes sœurs. Mon grand-père est mort quand mon père était jeune. Lily avait déjà la boutique et elle adorait conseiller les mariées, les entendre raconter leur rencontre avec leur fiancé. L'amour, le mariage, l'amour éternel, c'était sa passion. Je la taquinais souvent. Je lui disais qu'elle vivait dans un roman sentimental qui n'avait rien à voir avec le monde réel.

Dodi sourit au souvenir des protestations de sa grand-mère.

— Elle me répondait qu'un jour je tomberais amoureuse et que je comprendrais de quoi elle parlait.

— J'imagine que ce n'est pas arrivé ? Ou que c'est arrivé mais que la relation a mal tourné ?

— Pas exactement. Pour t'expliquer le problème, il faut que je te parle de mes parents. Mon père était le fils unique de Lily et il était... différent. Difficile. Très intelligent mais impulsif, très libre d'esprit et rebelle. Il a rencontré ma mère à l'université. *Rencontré ?* Non, le mot est trop faible. Je dirais plutôt qu'ils sont entrés en collision. Deux enfants gâtés, sensuels et déterminés à obtenir ce qu'ils voulaient quand ils le voulaient.

Dodi s'interrompit. C'était la première fois qu'elle parlait à quelqu'un de ses parents et de ce qu'elle pensait d'eux.

— Vas-y, dis ce que tu as sur le cœur, Elodie Kate.

— J'étais un élément imprévu... un boulet.

Le cœur de Dodi se contracta douloureusement. Elle était de nouveau une enfant rejetée et rongée par l'angoisse.

— Ils ne supportaient pas de m'avoir sur les bras et ils ne faisaient aucun effort pour me le cacher. Ils voulaient être libres, vivre sans entraves, et je les gênais. Ni l'un ni l'autre ne voulaient se charger de moi de façon permanente. Ils se quittaient, se mariaient chacun de leur côté, se remariaient ensemble, divorçaient de nouveau... et leurs pires querelles concernaient la garde de cette enfant qui les encombrait. Je ne savais jamais chez lequel des deux j'habiterais d'une semaine à l'autre, ni si je m'entendrais à peu près avec mes nouveaux beau-père et belle-mère.

— Mon Dieu, Dodi...

— Mon père avait interrompu les relations avec ma grand-mère à l'époque de son premier mariage avec ma mère, et elle n'avait plus aucunes nouvelles de mes parents. Elle ne savait même pas qu'elle avait une petite-fille jusqu'à ce que j'atterrisse devant sa porte.

— Je ne comprends pas.

— Un peu avant mon seizième anniversaire, mes parents ont élaboré un plan. Mon père m'a annoncé que nous partions en voyage et que je devais préparer un sac. Nous sommes arrivés devant chez Lily. Il lui a expliqué que j'étais sa petite-fille et qu'il allait faire un tour pour nous laisser le temps de faire connaissance. Il n'est pas revenu, n'a pas répondu à nos coups de téléphone, et deux jours plus tard un coursier a apporté le reste de mes affaires.

— C'est... diabolique, lâcha Jago d'une voix vibrante de colère.

— J'ai appris plus tard que Lily avait été elle aussi prise au dépourvu, mais elle a eu la générosité de me garder. Chez elle je suis entrée dans une réalité parallèle. Je devais participer aux tâches ménagères, me coucher pas trop tard, aller au collège tous les jours et rapporter des bulletins corrects. Il fallait aussi que j'aie des activités extrascolaires, que je fasse un peu de sport et que je mange sainement.

— Tu t'es rebellée ?

Elle eut un grand sourire.

— Au contraire. Toutes ces règles m'enchantaient. Je n'en avais jamais eu et elles me rassuraient. Je me sentais aimée, protégée. Tu comprends ça ?

Jago se frotta la mâchoire.

— Je crois. Donc, tu étais heureuse avec ta grand-mère ?

— Je n'avais jamais été aussi heureuse. J'ai rencontré Dan, puis à l'université j'ai fait la connaissance de Thadie. J'avais une vie fantastique.

— Qui est Dan ?

Non, elle ne pouvait pas lui parler de lui. Pas encore. Peut-être jamais. Elle éluda la question.

— Nous étions devenues très proches avec Lily. Nous parlions souvent de mes parents et de la boutique. Elle me disait que j'étais trop jeune pour avoir une attitude aussi cynique à propos de l'amour et du mariage. Je lui répondais qu'elle vivait en dehors de la réalité. Alors elle m'assurait que je changerais d'avis un jour.

— Mais tu n'as pas changé d'avis.

Elle secoua la tête. Non, grâce à Dan elle croyait encore moins à l'amour et au mariage.

— Parfois je regarde ces futures mariées avec leurs étoiles plein les yeux et j'ai envie de les secouer en leur disant qu'une belle robe et un grand mariage ne sont pas une garantie d'amour éternel.

— Tu ne crois pas qu'elles en sont conscientes ? Qu'elles ont juste envie de vivre une journée de rêve avant de se mettre sérieusement au travail pour construire leur mariage ?

— Je ne sais pas. Était-ce le point de vue d'Anju ? Votre mariage demandait beaucoup de travail ? demanda-t-elle avec curiosité.

Jago pinça les lèvres

— Anju et moi, nous n'étions pas amoureux l'un de l'autre. Nous ne nous sommes pas mariés à l'église et elle ne portait pas une robe blanche en dentelle. Notre union était un mariage de convenance, en quelque sorte. Nous savions exactement ce que nous attendions l'un de l'autre.

Waouh.

— Et qu'est-ce que c'était ?

Allait-il répondre ?

— Une entente profonde. Nous étions très amis et nous avions beaucoup d'intérêts communs. Sexuellement nous étions très compatibles. Nous ne voulions pas d'enfants et notre carrière occupait une place prépondérante dans notre vie. Enfin, elle était aussi allergique que moi à la passion, si bien que notre vie se déroulait dans la sérénité.

— Et ça te convenait ?

— Oui. Nous n'étions peut-être pas heureux, mais nous étions satisfaits.

Jago baissa les yeux sur son verre et fit tournoyer distraitement le fond de vin qu'il contenait. Il ouvrit la bouche pour parler, puis il secoua la tête.

— Je pense que ça suffit pour l'instant, Dodi. Nous devrions peut-être dîner.

Elle n'avait pas faim… en tout cas pas de nourriture. Et il était sans doute préférable en effet de mettre fin à cette discussion, parce qu'il était fascinant. Mentalement *et* émotionnellement. Or elle ne pouvait pas se permettre de tomber amoureuse de lui. Trop de gens avaient malmené son cœur. Elle ne donnerait pas à Jago Le Roux l'occasion d'en faire autant. Elle éprouvait du désir pour lui, mais rien d'autre. Mélanger le sexe et les sentiments était très dangereux.

Il fallait séparer les deux… immédiatement.

Pour se convaincre qu'elle contrôlait la situation – qu'elle faisait bien la différence entre le sexe et l'amour –, Dodi se leva et rejoignit Jago. Elle posa une main sur son cœur et referma l'autre sur sa nuque.

— Tu veux bien m'embrasser, Jago ?

Il agrippa le rebord de l'îlot central derrière lui, comme pour s'empêcher de l'attirer contre lui.

— Je ne sais pas si je serai capable de ne pas aller plus loin, répliqua-t-il d'une voix rauque.

Elle appuya le front contre son torse et huma son parfum.

— J'aimerais que tu me fasses oublier cette journée. Aide-moi à faire le vide dans mon esprit, Jago. S'il te plaît ?

S'il le fallait, elle le supplierait. Elle avait trop besoin de lui. De ses mains sur son corps, de sa bouche sur sa peau, de son sexe dans le sien. Elle avait besoin de se vider l'esprit, mais elle avait encore plus besoin de lui. Cette idée effraya Dodi. Mais dès que Jago la souleva de terre pour la porter jusqu'au canapé, elle oublia sa peur.

9

Quelle chance il avait ! Le regard de Dodi étincelait de désir. Il avait hâte de se perdre en elle... Mais avant, il y avait mille merveilles à explorer. Chacune des taches de rousseur qui parsemaient sa peau était un délice, songea-t-il en soulevant son haut pour le lui enlever. Et ces petits seins ronds et fermes... Il était très tentant de les débarrasser sans attendre de la dentelle vert menthe qui les emprisonnait. Mais patience. Ce soir il voulait prendre tout son temps. Jago leva les yeux et son cœur fit un bond dans sa poitrine. Oui, le désir de Dodi était si intense que ses yeux gris-bleu avaient l'éclat du métal. Mais était-ce une raison pour que son cœur batte aussi vite ? Il détourna le regard, déstabilisé par l'émotion qui l'assaillait. Leur attirance était purement sexuelle, non ?

Dodi referma la main sur sa nuque pour attirer ses lèvres vers les siennes. D'ordinaire il n'appréciait pas spécialement les baisers. Ce n'était qu'une étape vers le but ultime. Mais Dodi, il aurait pu l'embrasser pendant des heures et des heures sans se lasser... Bientôt sa main glissa d'elle-même sur le dos de la jeune femme, s'attarda au creux de ses reins, enveloppa une fesse. Ces leggings ne pouvaient pas rester là... Il les tira jusqu'à ses chevilles en même temps que sa culotte et laissa le tout tomber par terre. Pendant ce temps Dodi avait commencé à déboutonner sa chemise. Sans attendre qu'elle ait terminé il enleva celle-ci d'un mouvement vif. Puis il poussa un long soupir ravi au contact de ses mains sur son torse et ses épaules.

Ils passèrent un long moment à se caresser du bout des doigts, des lèvres ou de la langue, chacun explorant le corps de l'autre avec une nonchalance et une retenue délibérées. Jusqu'au moment où Jago glissa la main entre les cuisses de Dodi pour effleurer son sexe. Elle poussa un gémissement étranglé. Il s'empara de sa bouche dans un baiser enflammé, auquel elle répondit avec ardeur tout en faisant glisser lentement sa main de son torse vers son ventre. Lorsqu'elle atteignit son sexe il fut transpercé par une flèche de plaisir qui lui coupa le souffle. Il s'arracha à sa bouche tandis qu'elle s'efforçait de déboutonner son pantalon avec des gestes fébriles. S'efforçant de garder son sang-froid, il inspira profondément et l'enveloppa d'un regard ébloui.

— Tu es très belle. Et très sexy...

— Tu es très sexy aussi, Le Roux, mais je pense qu'il vaudrait mieux nous débarrasser de ce pantalon.

Elle avait raison... S'écartant d'elle, il enleva ses chaussures et ses chaussettes, puis se débarrassa prestement de son pantalon et de son slip. Il se rallongea à côté d'elle et posa la main sur son ventre avant de capturer brièvement sa bouche. Un préservatif... Mais non, ils n'en avaient pas besoin ! Un sourire joyeux étira ses lèvres. Quelle chance !

— Jago, s'il te plaît...

Il prit place entre ses cuisses et s'enfonça lentement en elle. Comme c'était bon... Jamais il n'avait éprouvé une sensation aussi extraordinaire. C'était comme s'il venait de trouver la place qui lui était destinée depuis toujours... Peu à peu, les pensées de Jago s'estompèrent. Tout n'était que sensation pure. Plus rien n'existait que le corps de Dodi uni au sien, les doigts de Dodi crispés sur ses fesses, la langue de Dodi mêlée à la sienne, les coups de reins de Dodi répondant à ses coups de reins... Elle cria, secouée par une explosion de plaisir dont le souffle le projeta lui aussi dans l'abîme de la jouissance avec une violence inouïe. Plusieurs minutes, heures ou années, s'écoulèrent avant qu'ils redescendent sur terre. Jago se laissa rouler sur le dos et attira Dodi contre lui. Elle bâilla, puis il entendit son estomac gargouiller. Il pouffa et lui tapota une fesse.

— Il faut que je te nourrisse. Tu as besoin de reprendre des forces.

— Mmm, il faut que je mange davantage. Ce bébé me pompe toute mon énergie.

— C'est une bonne raison. Il y en a une autre. J'ai l'intention de t'emmener dans ta chambre pour tester le lit après ce canapé. Tu te sens d'attaque pour ça ?

Elle eut un sourire malicieux.

— Oh ! je suis d'attaque pour tout ce que tu veux, Le Roux.

Le lendemain matin, Dodi accepta d'accompagner Jago à un marché de producteurs au nord de la ville, où il devait retrouver son jumeau, ainsi que Thadie et ses enfants, pour le petit déjeuner. Un rite familial qu'ils observaient une fois par mois. Elle avait entendu parler de ce rendez-vous mensuel et elle était honorée d'être invitée à se joindre à eux. En revanche, elle ne savait pas comment elle allait expliquer son arrivée en compagnie de Jago. Thadie n'allait pas manquer de lui poser des questions. Or elle n'était pas prête à lui révéler qu'elle couchait avec son frère. Et encore moins qu'elle attendait un enfant de lui ! Sa relation avec Jago – mais pouvait-on parler de relation ? – ne risquait-elle pas d'affecter son amitié avec Thadie ? Si elles se brouillaient, elle ne s'en remettrait jamais...

Quelques heures plus tard, alors qu'elles déambulaient côte à côte entre les stands des producteurs, Dodi attendait avec appréhension que l'interrogatoire commence. Thadie s'arrêta pour regarder des sacs en cuir, et Dodi jeta un coup d'œil furtif à Jago. Il se trouvait à quelques mètres d'elles en compagnie de Micah, qui poussait la double poussette des jumeaux. Le garde du corps de Thadie marchait quelques pas derrière elle, en tenue de touriste mais aux aguets.

— J'ai envie d'un café, déclara Thadie en indiquant un stand qui servait du café haut de gamme. Tu veux une tasse ?

Dodi parvint tout juste à réprimer un frisson. La seule odeur de café lui donnait la nausée.

— Je crois que je vais plutôt prendre un jus de fruit.

Étant donné qu'avant de tomber enceinte elle consommait beaucoup de café, Thadie allait inévitablement lui demander ce qui lui arrivait... Il fallait distraire son attention.

— Où est Clyde ? demanda-t-elle.

— Il joue au golf tous les dimanches. De toute façon, je lui ai dit que j'avais besoin de passer un peu de temps avec mes frères avant le mariage. Je ne les ai pas vus souvent ces derniers temps. Et toi non plus. Je suis si contente de te voir !

Dodi prit son amie par le bras.

— Je sais. J'ai été débordée. Et toi, pas trop stressée ?

Thadie se mit dans la queue pour le café et baissa les yeux sur le sol poussiéreux en haussant les épaules.

— Je ne sais pas. Je me marie dans un mois et ça commence à paraître réel.

Un peu trop réel ? Assez réel et effrayant pour qu'elle annule tout ? Dodi hésita. Devait-elle faire part à Thadie de ses doutes à propos de son fiancé ? C'était délicat... Tout à coup, elle vit une silhouette familière, et le sang se retira de son visage. Prise d'un léger vertige, elle inspira profondément. Elle ne l'avait pas vu depuis qu'elle avait rompu avec lui, quelques jours après la mort de Lily, mais Dan était tel que dans son souvenir avec ses cheveux épais et ses lunettes qui lui tombaient sur le nez. Il portait son uniforme d'été habituel, un short et une chemise imprimée de grands motifs de couleurs vives. Il marchait main dans la main avec une jeune femme brune. Comme s'il sentait son regard, il jeta un coup d'œil autour de lui et tressaillit légèrement quand il la reconnut. Il esquissa un sourire et lui fit un petit signe. Bon sang, Johannesburg comptait près de six millions d'habitants et il fallait qu'elle tombe sur Dan à un marché de producteurs en dehors de la ville ! Pourquoi la vie la punissait-elle ainsi ? Elle ne s'était toujours pas remise de cette relation tordue… La femme brune tira Dan par le bras et il lança un dernier regard à Dodi, le visage empreint de tristesse et de regret. Quel comédien ! En réalité il ne regrettait rien. Il avait adoré la tourmenter.

— Dan n'a pas vieilli du tout, lâcha Thadie.

Dodi hocha la tête, incapable de parler. Thadie lui pressa le bras.

— Pas encore digéré, n'est-ce pas ?

— En effet, reconnut Dodi à contrecœur.

Si seulement elle pouvait oublier cette histoire ! Tourner la page… Mais cette trahison continuait de distiller son venin. Elle ne donnerait plus jamais à personne un tel pouvoir sur elle. Dodi jeta un coup d'œil à Jago. Il discutait avec Micah et le garde du corps. Les trois hommes, grands, athlétiques et très séduisants attiraient de nombreux regards féminins. Aucun des trois n'en avait visiblement conscience.

— Tu es au courant que Jago va louer sa maison ? demanda soudain Thadie.

Dodi ouvrit de grands yeux. Hadleigh House ? Sa maison de famille ?

— Mais cette maison appartient à votre famille depuis

des dizaines d'années ! Où vont-ils vivre, Micah et lui ? Et le personnel ?

Thadie roula les yeux.

— Pas Hadleigh, voyons ! Sa maison à lui, celle où il vivait avec Anju.

Oh ! *Cette* maison. Dodi arqua les sourcils.

— Ah bon ?

— Mmm. La semaine dernière il a pris deux jours de congé pour trier les affaires d'Anju. Il a donné ses vêtements à une organisation caritative et ses livres à une librairie d'occasion. Et il a engagé des déménageurs pour les meubles.

Waouh...

— Mon frère aîné a changé depuis quelque temps, reprit Thadie après un bref silence. Il est plus détendu, moins renfermé. Tu n'as pas une idée de ce qui lui arrive ?

Oh ! mon Dieu ! L'interrogatoire commençait... Dodi écarquilla exagérément les yeux.

— Comment le saurais-je ?

Thadie plissa les yeux.

— Tu mens toujours aussi mal, Do. Qu'est-ce qui se passe entre vous ?

Dodi cherchait une réponse quand la main de Jago se posa sur son dos.

— Les garçons veulent visiter le mini-zoo. Micah et moi, nous les y emmenons. Ça vous laissera un peu de temps pour bavarder tranquillement toutes les deux.

Thadie eut un sourire malicieux.

— Quelle bonne idée ! Dodi et moi nous avons des tas de choses à nous raconter !

Dodi réprima un gémissement. Elle adorait Thadie mais elle savait qu'elle devenait redoutable quand elle sentait que quelque chose se tramait. Elle regarda avec envie les frères Le Roux s'éloigner et suivit Thadie jusqu'à une des tables installées à l'ombre sous une tente blanche. D'ici dix minutes, Thadie saurait : a) qu'elle couchait avec son frère ; b) qu'elle attendait un enfant de lui. Jago et elle avaient prévu d'attendre avant d'annoncer la nouvelle, mais il était hors de question qu'elle mente à sa meilleure amie.

— Je n'arrive pas à croire que tu ne m'aies rien dit ! Comment as-tu pu me cacher ça ? demanda Thadie dans la soirée, via un appel vidéo, alors qu'elles en avaient déjà longuement discuté le matin.

— Tu traverses une période stressante, Thads. Je ne voulais pas t'encombrer l'esprit avec ça alors que tu as des soucis d'organisation pour ton mariage.

— Ma meilleure amie est enceinte de mon frère ! C'est normal que je sois prévenue, non ?

— Désolée, dit Dodi pour la centième fois de la journée.

Mais Thadie ne lui en voulait pas réellement, elle le savait. En réalité, elle était surtout très excitée.

— J'espère que vous aurez un garçon. Remarque, une fille ce serait bien aussi... Oh ! oui ! Une fille ce serait magique ! s'exclama Thadie, les yeux brillants. Et peut-être que vous aurez des jumeaux ! Un garçon et une fille, ce serait l'idéal, non ?

Dodi écarquilla les yeux. Deux bébés ? Non, merci !

— Tais-toi !

Thadie pouffa.

— Des jumeaux c'est ce que vous méritez pour avoir été aussi cachottiers !

Dodi roula des yeux. Le matin au marché, dès que Jago, Micah et les jumeaux les avaient rejointes après avoir visité le mini-zoo, Thadie avait demandé à Jago s'il n'avait rien à dire à Micah. Jago avait tout de suite compris. Il avait levé les yeux au ciel, puis il avait annoncé la nouvelle à Micah. À son crédit, ce dernier s'était contenté de hausser les sourcils, puis il l'avait embrassée sur la joue et il avait donné l'accolade à son frère. Mais nul doute que ce soir Jago allait recevoir un appel de son jumeau, du genre « C'est quoi cette histoire ? ».

— Il reste quand même encore un point qui n'est pas clair, reprit Thadie. Est-ce que, Jago et toi, vous êtes ensemble ou pas ?

Elle n'en avait pas la moindre idée ! Dodi réprima un soupir. Le mieux était de ne pas répondre.

— Les robes de tes demoiselles d'honneur sont arrivées. Il faut que nous prenions rendez-vous pour le dernier essayage.

— N'essaie pas de changer de sujet ! Est-ce que Jago et toi... ?

Dodi plaqua une main sur sa bouche et agita l'autre.

— Il faut que j'y aille ! J'ai des nausées !

— Ce que tu peux être menteuse, Elodie Kate Davis !

Oui. Absolument. Épuisée par cette longue journée et par les questions incessantes de Thadie, Dodi sortit du salon de Jago pour le rejoindre sur la terrasse. Il était au téléphone et mit fin à la conversation dès qu'il la vit.

— C'était Micah, qui voulait des précisions.

Elle se laissa tomber sur le canapé à côté de lui.

— Laisse-moi deviner... Il veut savoir si nous sommes ensemble ou non.

— Exact.

Dodi plissa les yeux.

— Et je parie que c'est ta sœur qui l'a poussé à t'appeler.

— Exact.

— Qu'est-ce qu'elle est têtue !

Jago étendit les jambes et croisa les mains sur son ventre.

— Nous le sommes tous dans la famille. Avec un père comme Theo, c'est inévitable. Heureusement pour Thadie, c'est le seul trait qu'elle a hérité de lui !

— Je l'ai très peu connu, mais il a toujours été charmant avec moi.

— Il semblait charmant à beaucoup de gens.

— Tu ne l'aimais pas beaucoup, n'est-ce pas ?

Jago soupira.

— Il avait quelques qualités et de nombreux défauts. Il a créé Le Roux International tout seul, sans fortune familiale sur laquelle s'appuyer. Ses atouts principaux étaient l'instinct, la chance et un charisme exceptionnel. Il s'est beaucoup démené, il a beaucoup menti, il a spéculé, il a pris des engagements impossibles à tenir et il ne les a pas tenus. Mais il a toujours réussi à se sortir des situations les plus délicates. Une fois l'entreprise lancée, après avoir gagné son premier million, puis son premier milliard, il aurait pu se calmer un peu. Mais il a continué à mentir, à jouer avec le feu. Et avec les gens. Je pense que ça l'amusait. C'était Theo Le Roux, homme d'affaires prospère, dont la forte personnalité fascinait tout le monde.

Une profonde amertume était perceptible dans la voix de Jago.

— À toi aussi il mentait ? Et à Micah et Thadie ?

— Tout le temps. Avec nous, son grand truc c'était les promesses qu'il ne tenait jamais. Un jour il était d'accord pour que nous ayons un chien, le lendemain il changeait d'avis. Il me faisait miroiter une mobylette si j'obtenais un B+ en maths, mais quand je rentrais avec un B+, c'était finalement un A qui devenait nécessaire. Et les vacances... Il promettait toujours de nous rejoindre mais il ne venait jamais. Pareil pour Noël. Et c'était toujours au dernier moment qu'il annulait sa venue ou qu'il s'en allait sans prévenir. Celle qui souffrait le plus de son attitude, c'était ma mère, bien sûr. Il jouait avec ses nerfs en soufflant constamment le chaud et le froid. Il alternait les compliments et les reproches, passant d'un extrême à l'autre.

« Il en faisait d'ailleurs autant avec Micah et moi. Et comme si ça ne suffisait pas, il tentait de nous dresser l'un contre l'autre en faisant naître des rivalités entre nous. Il ne supportait pas que nous nous entendions bien ni que nous soyons proches de notre mère. Tout devait tourner autour de lui. Il s'épanouissait dans l'affrontement, et n'importe quoi était prétexte à querelle. Quant à son caractère versatile, c'est à cause de lui que j'ai appris à anticiper les problèmes et à prévoir des solutions destinées avant tout à protéger mon frère et ma sœur. À cause de mon père, j'ai toujours plusieurs plans de secours pour mon plan de secours. »

Le cœur de Dodi se serra. Jamais elle n'avait soupçonné ce qu'avaient enduré les enfants Le Roux. De son côté elle avait eu une enfance instable, mais elle n'avait jamais été en butte à la malveillance. En fait, Theo avait été coupable de maltraitance psychologique envers sa femme et ses enfants...

— C'est à cause de lui aussi que la perspective de devenir père m'a toujours terrifié, poursuivit Jago. J'ai peur d'infliger à mon enfant ce que m'a infligé mon père.

— C'est la chose la plus ridicule que j'aie jamais entendue ! s'exclama-t-elle, le souffle coupé.

— Pourquoi ? Je ressemble beaucoup à mon père. Je suis exigeant, j'ai l'esprit de compétition et le travail occupe une place prépondérante dans ma vie. Par ailleurs, je n'ai aucune patience et je peux être très désagréable.

— Mais tu aimes ton frère et ta sœur. Tu veilles sur eux et tu les traites avec respect. C'est vrai qu'il t'arrive d'être cassant, mais tu ne fais jamais preuve de cruauté et tu ne t'amuses pas à manipuler les gens !

— Comment le sais-tu, Dodi ? Tu n'as pas passé beaucoup de temps avec moi.

Comment le savait-elle ? Elle n'aurait pas pu l'expliquer mais elle le savait.

— Qui était cet homme au marché de producteurs, aujourd'hui ?

À son grand dam elle sentit ses joues s'enflammer.

— Qui donc ?

Jago la foudroya du regard.

— Ne me prends pas pour un idiot. Thadie et toi, vous le regardiez comme s'il représentait une menace.

Dire qu'elle pensait qu'il n'avait rien remarqué... Ce qui était stupide parce que personne n'était plus observateur que l'aîné des jumeaux Le Roux. Et s'il était comme ça, c'était à cause de son père...

— Ah oui, Dan... Oh ! c'est une longue histoire.

— J'ai tout mon temps.

Allons bon...

10

Thadie était la seule à connaître toute l'histoire et à savoir combien elle s'en voulait de ne pas avoir vu clair dans son jeu. La blessure qu'il lui avait infligée se rouvrait à chaque fois qu'elle pensait à ce qu'il lui avait fait.

— S'il te plaît raconte-moi, Do.

Jago avait eu le courage de lui parler de son père et de son enfance. Elle pouvait bien lui parler de la trahison de Dan, non ?

— Lily m'avait inscrite dans un lycée situé pas loin de chez elle. Un établissement énorme avec des milliers d'élèves. Jusque-là je n'avais fréquenté que des petites écoles de campagne, si bien que j'étais complètement perdue. Dan m'a repérée et il m'a prise sous son aile. Il n'était pas le garçon le plus populaire du collège mais il n'était pas non plus victime de harcèlement… Il était dans la moyenne, je suppose. Il avait un groupe d'amis, garçons et filles, dans lequel il m'a fait entrer. J'étais heureuse et reconnaissante de ne plus être seule.

— Jusque-là ça paraît normal.

— Oui. Sauf qu'il m'est arrivé à plusieurs reprises de me faire un nouvel ami ou d'être invitée à sortir et tout se passait bien pendant une ou deux semaines, et puis tout à coup on me laissait tomber brusquement sans explication. Je ne comprenais pas ce qui se passait, parce que je n'avais rien à me reprocher. Quand je pleurais, Dan me prenait dans ses bras pour me réconforter en me disant qu'il ne fallait pas faire attention à eux, que nous étions amis tous les deux et que c'était tout ce qui comptait.

« C'est arrivé cinq, peut-être six fois, et ensuite j'ai arrêté de sortir et d'essayer de me faire des amis parce que c'était trop douloureux. Dan est devenu mon seul ami, ma planche de salut, la seule personne qui comptait pour moi. Nous sommes devenus amants pendant ma dernière année de lycée et nous sommes restés ensemble jusqu'à quelques semaines avant la mort de ma grand-mère. »

— Qu'est-ce qui a provoqué la rupture ?

— Quelques semaines avant la mort de Lily, alors que je prenais soin d'elle, que je m'occupais de la boutique et que j'essayais de me préparer à sa disparition imminente, j'ai reçu un coup de téléphone d'une femme qui m'a annoncé qu'elle avait une liaison avec Dan depuis quelques mois.

— Aïe.

— Oui... Naturellement je ne l'ai pas crue, mais elle m'a envoyé des photos d'eux, des SMS, des mails. Dan lui avait dit qu'il ne m'aimait pas, qu'il ne me supportait pas, mais qu'il craignait que je fasse une bêtise s'il rompait avec moi. Certaines choses qu'il lui avait dites à mon sujet étaient vraiment horribles.

Jago marmonna quelques mots indistincts mais de toute évidence peu flatteurs pour son ex, et Dodi sourit presque. Autant lui dire tout le reste...

— Cette femme m'a dit ensuite quelque chose qui m'a anéantie. Au sujet de ces amis que je me faisais au lycée... Eh bien, Dan s'est vanté d'avoir saboté ces relations. Il allait trouver les gens avec qui je me liais et il leur racontait que je les dénigrais dans leur dos, que je jouais avec eux et que je les méprisais. Il ajoutait que j'étais un peu désaxée et qu'il valait mieux ne pas me demander des comptes parce que ça risquait de déclencher une crise. Voilà pourquoi tout le monde me laissait tomber sans que je comprenne ce qui m'arrivait.

« Ça avait continué à l'université – Dan et moi nous avions fréquenté la même – et aux alentours de vingt ans j'ai fini par renoncer à me faire des amis. Je ne voulais plus souffrir. Je pensais que j'étais destinée à avoir un seul ami, un seul amant. »

— Mais Thadie et toi, vous êtes restées amies. Il n'a pas réussi à vous séparer.

Elle haussa les épaules.

— Nous partagions un appartement. Il ne pouvait pas être là tout le temps. Thadie et lui se détestaient. Elle a essayé de me faire comprendre qu'il cherchait à m'isoler de tout le monde mais je ne la croyais pas. Je ne le pouvais pas.

Jago grimaça.

— Il me considérait comme sa propriété. Il ne tenait pas particulièrement à moi, d'où ses nombreuses liaisons, mais il ne voulait pas non plus me laisser à quelqu'un d'autre. Si sa maîtresse ne m'avait pas appelée, je l'aurais épousé. Ça m'effraie de penser qu'il aurait réussi à m'inciter à l'épouser. Il m'arrive trop souvent d'être poussée là où je n'ai pas envie d'aller, Jago.

Allait-il entendre le message et comprendre ce qu'elle essayait de dire ? Il but une gorgée de bière d'un air songeur.

— Tout le monde n'a-t-il pas envie de prendre ses propres décisions et d'être maître de son destin ?

— Sûrement. Mais c'est essentiel pour moi parce que je me suis trop souvent retrouvée dans des situations que je n'avais pas choisies. Je m'étais juré de faire en sorte que ça ne m'arrive plus jamais. C'est pour cette raison que ce... cette... cette chose avec toi est si difficile. Je n'ai pas choisi d'avoir ce bébé...

— Je croyais que tu avais dit que tu voulais le garder.

— Oui ! C'est juste que je dois m'habituer à cette idée et au fait que c'est une fois de plus une situation qui m'a été imposée.

— À moi aussi. Et j'entends ce que tu veux dire, Elodie Kate. Nous ne sommes pas obligés de tout décider maintenant. Nous avons le temps.

Elle réprima une moue dubitative. Sept mois, ça passait très vite. Ils n'avaient pas autant de temps qu'ils le pensaient.

— Dodi, je suis le père de ton bébé. Et même si la perspective d'élever un enfant me terrifie, je veux assumer mes responsabilités. Ne doute pas de ça, mon ange. Je ne t'abandonnerai pas.

La sincérité de Jago était manifeste et son regard, plein de tendresse. Elle commençait à avoir confiance en lui, reconnut-elle intérieurement. À cette idée, elle fut assaillie par une bouffée de panique et détourna les yeux. Elle aimait être avec lui, coucher avec lui, discuter avec lui… Mais il serait stupide de lui faire confiance au point de lui donner son cœur. Elle devrait suggérer qu'ils se contentent de rester amants jusqu'à ce qu'ils se lassent l'un de l'autre… Allons donc, il y avait peu de chances qu'elle se lasse un jour d'être dans les bras de Jago. Parce que… Elle déglutit péniblement. Était-il possible qu'elle soit en train de tomber amoureuse de Jago ? Il fallait s'enlever cette idée de la tête au plus vite.

Mais à quoi bon se raconter des histoires ? Oui, elle était amoureuse de Jago… Il ne fallait surtout pas qu'il le sache. Pas encore. Peut-être même jamais. Mais ne risquait-il pas de l'entendre dans sa voix ? De le voir dans ses yeux ? Il fallait l'éviter à tout prix.

Rassemblant tout son courage, elle le regarda de nouveau. Il lui adressa un sourire compréhensif.

— C'est angoissant, n'est-ce pas ?

Elle réprima un soupir de soulagement. Il parlait du bébé, Dieu merci.

— Très.

— La journée a été longue et nous sommes tous les deux fatigués, dit-il en se levant.

— C'est vrai, acquiesça-t-elle en se levant à son tour.

Il lui prit le menton et plongea son regard dans le sien.

— À un moment ou à un autre, il faudra que tu fasses confiance à quelqu'un, Elodie Kate. J'espère que ce sera moi.

Elle se força à sourire.

— Allons nous coucher, ajouta-t-il après avoir capturé brièvement sa bouche.

Elle prit la main qu'il lui tendait et le suivit jusqu'à sa chambre. La confiance étant essentielle à l'amour, si elle évitait de lui faire confiance parviendrait-elle à éviter de l'aimer ? Il le fallait. Parce que, si elle se laissait aller à l'aimer et si elle le perdait, elle ne s'en remettrait jamais.

Incapable de trouver le sommeil, Jago laissa Dodi endormie dans le lit, sortit de la chambre et plongea dans la piscine. Après avoir nagé pendant près d'une heure, il s'assit sur le bord du bassin, les pieds dans l'eau. D'ordinaire, l'exercice lui éclaircissait les idées. Pas ce soir. En fait, il avait l'esprit plus confus que jamais. À cause de Dodi. Elle le déstabilisait, elle déclenchait en lui un tourbillon permanent d'émotions qui lui donnait le vertige.

Il leva les yeux vers la lune et regarda le lapin, nettement visible sur sa surface. Il huma le parfum des roses du jardin qui embaumait l'air chaud, et le coassement sonore d'un crapaud-buffle le fit sourire. Il se sentait connecté à la nature, même au cœur de la ville, mais il avait régulièrement besoin d'aller dans le bush. Dodi accepterait-elle de partir avec lui dans une région inhabitée où les routes étaient rares et la couverture mobile, inexistante ? Il n'en était pas certain. Après avoir entendu comment son ex, ce minable, l'avait traitée, il comprenait enfin sa réticence à accorder sa confiance. Mais cette confiance, il voulait la gagner. Il voulait qu'elle acquière la conviction qu'il ne leur ferait jamais aucun mal, ni à elle ni à leur enfant. Il fallait qu'elle sache qu'il était prêt à tout pour les protéger et qu'il préférerait mourir plutôt que de la voir souffrir.

Il était déterminé à la protéger, mais ce n'était pas tout. Il éprouvait pour elle une foule de sentiments étranges. Avec elle, le sexe prenait une dimension nouvelle. La jouissance n'était plus l'objectif essentiel. Avec Dodi, c'était le voyage qui était important, pas la destination. Or ça, c'était tout à fait nouveau. Il ne pouvait s'empêcher de la comparer à Anju, dont il appréciait l'esprit brillant et avec qui il avait des discussions passionnantes dans des domaines aussi divers que la politique, les neurosciences ou l'astronomie. Mais avec Anju, ils ne riaient jamais, ils ne plaisantaient pas à propos de futilités. Avec Dodi ils ne parleraient sans doute jamais des questions soulevées par l'intelligence artificielle mais ils pouvaient partager leurs goûts littéraires ou musicaux. Et surtout ils riaient. Ils riaient beaucoup, ils se taquinaient, et elle l'amenait à évoluer sur le plan personnel.

Il s'était cru très malin en choisissant un mariage de convenance dépourvu de passion et de fantaisie, mais pour être honnête ce qui en avait résulté, c'était un profond ennui.

L'irruption de Dodi dans sa vie avait mis son univers sens dessus dessous et c'était exactement ce dont il avait besoin. Auparavant, il n'avait pas vraiment vécu. À présent il voulait croquer la vie à belles dents même si ça comportait des risques. Et puisqu'il allait devenir père, il avait bien l'intention d'élever son enfant dans cet esprit. Pour commencer, il allait lui offrir une vraie famille sans craindre de s'engager pour la vie. Mais avant tout il fallait gagner la confiance de Dodi, qui avait été aussi échaudée que lui par une enfance désastreuse. Allaient-ils être capables de construire une nouvelle vie ensemble ? Ou bien se berçait-il d'illusions ? Il n'en savait rien. Il ne pouvait pas prévoir l'avenir, mais il était prêt à faire ce saut dans l'inconnu. En espérant que Dodi serait d'accord pour sauter avec lui.

« Je tiens à faire partie de la vie de notre enfant. Tu peux me croire, mon ange. Je suis prêt à m'engager durablement. »

Debout sous le jet, les mains appuyées contre la paroi de la cabine de douche, Dodi se remémorait ce que lui avait dit Jago au cours d'une conversation qu'ils avaient eue deux semaines plus tôt. Le croyait-elle ? Était-il vraiment prêt à s'engager ? Elle savait que c'était quelqu'un sur qui on pouvait compter et qu'il avait l'habitude de tenir parole. Il était également attentionné et le lui avait prouvé plus d'une fois depuis qu'elle lui avait annoncé qu'elle était enceinte.

Il avait fait changer les pneus de sa voiture et en avait profité pour demander au garagiste une révision complète. Jabu, son majordome, venait régulièrement chez elle accompagné d'une femme de chambre de Hadleigh House. Elle n'avait pas eu besoin de faire le ménage ni la lessive depuis plus d'un mois, et son réfrigérateur était régulièrement garni de plats diététiques faciles à réchauffer, répondant à ses besoins nutritifs et à ceux du bébé.

Jago prenait soin d'elle et il fallait reconnaître qu'elle adorait ça. Malgré tout, elle ne parvenait pas à surmonter cette peur d'être abandonnée qui était ancrée au plus profond d'elle. C'était plus fort qu'elle. Elle était persuadée que ça ne pouvait pas durer éternellement et qu'un jour ou l'autre il la décevrait. C'était injuste. Il ne méritait pas ce manque de confiance, mais c'était plus fort qu'elle. Partagée entre ses sentiments pour lui et la peur d'être abandonnée, elle ne savait pas ce qu'elle voulait. Un arrangement comme celui qu'il avait conclu avec Anju et qui semblait avoir fonctionné ? Elle ne pensait pas au mariage, bien sûr. Trop compliqué. Mais peut-être pourraient-ils vivre ensemble, élever leur enfant ensemble et partager le même lit. Après tout, leur entente sexuelle était fantastique. Était-ce une solution envisageable ? Était-elle assez courageuse pour la lui suggérer ?

Un coup frappé à la porte de la salle de bains la fit tressaillir. Jago entra, vêtu d'un pantalon de costume noir et d'une chemise blanche. Une cravate vert menthe pas encore nouée pendait sur son torse. Rasé de frais, les cheveux savamment ébouriffés, il était plus sexy que jamais. Il lui adressa un sourire gourmand.

— Non, je ne te rejoins pas sous la douche, beauté tentatrice. Il faut que j'y aille.

Il attendit qu'elle ferme les robinets, ouvrit la porte de la douche et lui tendit une serviette.

— Je suis en retard, mais il faut que je te parle.

Pourquoi cette lueur inquiète dans son regard ? Elle était sur le point de lui demander ce qui n'allait pas quand il regagna la chambre. Elle se sécha à la hâte, passa un peigne dans ses cheveux et enfila un peignoir. Dans la chambre, debout devant la baie vitrée, Jago buvait une tasse de café fumant.

— Je t'ai fait du thé au gingembre.

— Merci, dit-elle en s'asseyant au bord du lit avant de prendre sa tasse. Que se passe-t-il ? Tu fais une drôle de tête.

— As-tu vu la météo ce matin ?

Elle secoua la tête. Il savait bien que non. À peine réveillés, ils avaient fait l'amour, puis elle s'était rendormie pendant qu'il prenait sa douche et s'habillait. Ensuite elle avait rejoint la salle de bains à son tour...

— Ils prévoient une pluie torrentielle cet après-midi, avec risque de grêle. Ça va être la pagaille sur les routes. Je ne veux pas que tu conduises.

Elle arqua les sourcils. Elle parcourait ces routes impossibles par tous les temps depuis des années et elle n'était pas du tout inquiète.

— Peux-tu partir tôt de la boutique aujourd'hui ?

Le ton impérieux de Jago la hérissa.

— Le plus gros du déluge est prévu vers 18 heures, mais je préférerais que tu sois rentrée avant.

— Ça va aller, Jago. Ils exagèrent toujours !

Il crispa la mâchoire.

— Je ne veux pas que tu conduises sous une pluie torrentielle. Ferme la boutique de bonne heure et rentre à la maison. S'il te plaît.

Son « S'il te plaît » n'atténua en rien la sécheresse de son ton. Elle serra les dents. Oh ! comme elle détestait qu'on lui impose de faire quelque chose dont elle n'avait pas envie ! Elle plissa les yeux.

— D'accord. Dans ce cas, tu rentres toi aussi avant le plus fort de l'orage. Je ne veux pas moi non plus que tu conduises sous une pluie torrentielle. Annule tes rendez-vous et rentre tôt.

— J'ai une réunion du conseil d'administration à 17 heures et elle va durer cinq ou six heures.

— Cinq ou six heures ? Vous allez discuter de la meilleure manière de gouverner le monde ? plaisanta-t-elle pour tenter de détendre l'atmosphère.

Il ne sourit pas.

— Micah et moi, nous présentons au conseil de nouveaux projets dont certains auront des conséquences majeures pour l'entreprise et comporteront des risques importants. C'est sans doute la réunion du conseil la plus importante depuis la mort de mon père. Mais j'aimerais pouvoir la reporter.

— Pourquoi ne le fais-tu pas ?

— Il est difficile de trouver une date qui convienne à tous les membres du conseil, et la mise en œuvre de certains de ses projets est urgente. Si nous n'obtenons pas leur approbation ce soir, nous allons manquer une occasion. Il faut que je sois présent. C'est d'une importance capitale.

— J'ai des mariées qui viennent à 16 heures. Je ne peux pas quitter la boutique non plus.

Jago posa sa tasse sur le plateau d'un geste vif et se passa la main sur le visage.

— Je veux juste que tu sois en sécurité, bon sang !

— Je suis adulte, Jago. Je suis capable de prendre toute seule les décisions concernant ma boutique et ma sécurité.

— Tu es enceinte ! hurla-t-il.

Oui, et alors ?

— Je ne suis pas devenue incapable d'agir et de réfléchir en toute indépendance parce que tu m'as mise enceinte, Jago.

Il poussa un grognement exaspéré et gagna le dressing à grands pas. Il revint en enfilant sa veste de costume avec des gestes vifs.

— J'essaie juste de prendre soin de toi, Elodie Kate ! Je suis inquiet, c'est tout.

Elle n'en doutait pas, mais il donnait le sentiment d'essayer de la plier à sa volonté. Peut-être réagissait-elle de manière excessive, peut-être pas, mais de toute façon elle ne pouvait pas le laisser lui donner des ordres. Elle était parfaitement capable de prendre soin d'elle toute seule et elle n'avait pas besoin qu'un milliardaire despotique lui dise ce qu'elle avait à faire ! Jago s'immobilisa devant elle, le regard noir.

— Peux-tu au moins me tenir au courant de tes mouvements ? Préviens-moi quand tu quittes la boutique et quand tu arrives à la maison. Je serai en réunion, donc je ne pourrai pas te répondre mais je verrai tes messages.

Voilà qui était plus raisonnable. Elle hocha la tête.

— D'accord.

Jago se pencha sur elle pour déposer un baiser sur ses lèvres.

— Ce serait beaucoup plus simple si tu faisais ce que je te demande, Elodie Kate.

— Tu mourrais d'ennui au bout d'une semaine.

Et moi je n'aurais plus aucun amour-propre.

— Tu ferais mieux d'y aller, Jago. Tu as dit que tu étais déjà en retard.

Il hocha la tête et se dirigea vers la porte. Sur le seuil, il se retourna, l'air hésitant.

— Je rentrerai sans doute vers minuit, si j'ai de la chance. À plus tard, d'accord ?

Il se considérait comme chez lui chez elle et inversement. Serait-il possible qu'il éprouve des sentiments pour elle ? À cette pensée, elle fut assaillie par une bouffée d'euphorie. Du calme. L'espoir était dangereux, elle le savait. Il pouvait conduire tout droit à la déception...

— Ne conduis pas sous la pluie ! répéta-t-il d'un ton impérieux.

L'euphorie de Dodi se dissipa. Elle entendit les pas de Jago dans l'escalier puis le claquement de sa porte d'entrée. Elle secoua la tête. La traiterait-il un jour comme son égale ? Ou bien la considérerait-il toujours comme quelqu'un à protéger, même quand elle ne serait plus enceinte ? Quelqu'un à qui imposer des situations qu'elle n'aurait pas choisies ? Et si elle se rebellait trop souvent, finirait-il par décider que la vie serait plus facile sans elle ? Finirait-il par l'abandonner ?

11

Dodi, le cœur battant à tout rompre et les mains moites, roulait lentement sous la pluie diluvienne en scrutant à travers le pare-brise la rue de Jago pour tenter de repérer le portail de Hadleigh House. Il était un peu après 18 heures et, en effet, l'orage avait éclaté, plus violent qu'elle ne s'y attendait. Elle regrettait de ne pas avoir quitté la boutique plus tôt. La visibilité était exécrable, les routes étaient inondées et, d'après ce qu'elle avait entendu dire, il y avait encore des risques de violentes averses de grêle.

Un éclair zébra le ciel, puis un violent coup de tonnerre fit tressaillir Dodi. Il était urgent de quitter la route... Où se trouvait donc Hadleigh House ? Un peu plus tôt elle avait été contrariée quand un stagiaire de Le Roux avait déposé à la boutique de la part de Jago une enveloppe contenant la télécommande du portail et un trousseau de clés. Plus un mot qui n'avait rien d'une lettre d'amour.

Si tu t'entêtes à ne pas partir plus tôt de la boutique, va au moins à Hadleigh House au lieu de traverser la ville pour rentrer chez toi. C'est plus près. Préviens-moi quand tu pars et quand tu arrives. Jabu est en congé, si bien que la maison est vide. Ci-joint le code de l'alarme.

Elle quittait la boutique quand l'orage avait éclaté, et très vite elle avait décidé qu'il était plus raisonnable d'aller chez Jago. Elle était têtue mais pas complètement stupide. Elle resserra les doigts sur le volant en plissant les yeux. Quarante-huit, cinquante… Elle approchait. Au moment où elle aperçut le portail de Jago, quelque chose tomba sur le toit de la voiture avec un bruit sec. La grêle !

Elle tourna dans l'allée de Hadleigh House et appuya fébrilement sur le bouton de la télécommande pour ouvrir le portail tout en pestant contre les grêlons énormes qui rebondissaient sur le capot. Sa voiture allait ressembler à une balle de golf. Les grilles s'ouvrirent, et elle avança lentement dans l'allée. D'ordinaire elle se garait sur le côté de la maison mais ce soir il valait mieux s'approcher le plus possible de l'entrée. Dès que la grêle s'arrêterait de tomber elle monterait les marches en courant et rentrerait dans la maison.

Elle attendit cinq minutes avant que l'averse de grêle se calme. La pluie continuait de tomber à seaux, tandis que les éclairs et les coups de tonnerre se succédaient. Elle allait être trempée – pourquoi ne faisait-elle pas partie de ces gens organisés qui ont en permanence un parapluie dans leur voiture ? –, mais ce n'était pas grave. Ce n'était que de l'eau. Décidant de laisser son sac dans la voiture, elle enveloppa son téléphone dans l'ourlet de sa jupe pour le protéger, saisit le trousseau de clés et ouvrit sa portière en luttant contre le vent. Tête baissée elle fonça sous la pluie en grimaçant sous l'impact des gouttes qui lui cinglaient le visage, plaquaient ses cheveux sur son crâne et collaient ses vêtements à son corps. Le temps d'atteindre l'escalier de pierre, elle ruisselait. Elle ralentit pour monter les marches tout en s'essuyant les yeux et en écartant les cheveux de son visage. La porte massive était juste là et, derrière elle, la sécurité et la chaleur. Elle allait envoyer un message à Jago pour le prévenir qu'elle était bien arrivée puis elle se sécherait et elle ferait du thé. Quand l'orage s'éloignerait, elle prendrait une longue douche bien chaude. Le paradis...

Elle atteignit la plate-forme du perron, fit deux pas, peut-être trois, puis son pied glissa sur la pierre trempée et elle bascula en arrière. Elle tomba sur les fesses, puis son dos et sa tête heurtèrent le sol. Une douleur fulgurante lui transperça le dos, et elle poussa un cri aigu qui fut aussitôt noyé dans le tumulte de l'orage. Avant de perdre connaissance, elle eut juste le temps de prier pour que son bébé n'ait rien. Jago... Elle avait besoin de Jago... *tout de suite*.

Jago ouvrit la porte de la chambre de Dodi et s'appuya contre le chambranle pour la regarder dormir dans son lit d'hôpital. Les douze heures qui venaient de s'écouler comptaient parmi les plus cauchemardesques de sa vie. Jamais, plus jamais il ne voulait revivre ça. Cette nuit, il aurait pu perdre Dodi. À cette pensée sa gorge se noua. Il était temps qu'ils arrêtent de se comporter comme des idiots et qu'elle emménage chez lui, où il pourrait prendre soin d'elle et l'aimer.

Parce qu'il l'aimait, oui. Jamais il n'aurait pu imaginer qu'il était possible d'aimer quelqu'un à ce point. Il avait d'abord ignoré ses sentiments pour elle. Étant incapable de les identifier, il n'en avait pas tenu compte, trop déterminé à garder le contrôle de la situation.

Sa chute, sa blessure à la tête – la possibilité de la perdre ! – lui avaient remis les idées en place. La vie sans elle était un désert morne et gris sans le moindre attrait. Elle était la lumière, la couleur, la joie, le rire... l'amour. Elle était tout pour lui.

Dodi soupira, ses yeux s'ouvrirent, et elle tourna la tête vers la porte en souriant.

— Hé...

Il se dirigea vers le lit, s'assit à côté d'elle et lui caressa la joue.

— Hé. Comment te sens-tu ?

— J'ai un peu mal à la tête...

Elle écarquilla les yeux et se redressa, l'air paniqué.

— Le bébé... notre bébé va bien ?

Il posa les mains sur ses épaules et les pressa doucement.

— Le bébé va bien, Dodi. Détends-toi.

— Tu es sûr ?

— Absolument. Ils ont fait une échographie et tout va bien.

Dans les yeux de Dodi, la panique laissa place à des larmes. De gratitude, sans doute, se dit-il. Elle s'affaissa contre l'oreiller et ferma les yeux.

— Merci, merci.

Il prit la télécommande et releva le lit pour qu'elle soit assise. Puis il se rassit à côté d'elle et posa la main sur sa cuisse.

— Tu ne te souviens pas de l'échographie ?

D'après le médecin, certains souvenirs risquaient d'être un peu confus, parce que le choc à la tête avait été violent. Elle n'avait pas eu besoin de points de suture, mais elle avait une grosse bosse à l'arrière du crâne.

Elle haussa les épaules.

— J'ai quelques souvenirs, mais très vagues. Je me souviens que j'ai monté les marches en courant et que j'ai glissé. Je suis tombée sur les fesses et ça m'a fait très mal.

— Tu as pris un coup sur le coccyx et un autre sur la tête. Tu as une légère commotion cérébrale.

— Ça explique la migraine. Qui m'a trouvée ?

— Moi. Tu ne m'avais pas envoyé de message pour me dire si tu étais bien arrivée, si bien que j'étais inquiet. Je n'arrivais pas du tout à me concentrer sur la réunion. Alors je me suis excusé et j'ai quitté la salle.

Dodi arqua les sourcils.

— Comment ont réagi les membres du conseil ?

Il haussa les épaules.

— C'était à un moment crucial de la présentation si bien qu'ils n'étaient pas ravis, mais j'étais incapable de continuer. J'étais trop angoissé. J'ai essayé de t'appeler mais ton téléphone sonnait dans le vide.

— Je suis désolée de t'avoir effrayé.

— Tu m'as fait prendre dix ans d'un coup... J'ai utilisé une application pour localiser ton téléphone et j'ai vu que tu étais chez moi mais que l'alarme était toujours branchée. Ce qui signifiait que tu n'étais pas à l'intérieur. J'ai visionné les vidéos de la caméra et je t'ai vue étendue sur le perron. Mon cœur s'est arrêté de battre.

Elle grimaça et lui fit signe de poursuivre.

— J'ai appelé une ambulance, j'ai prévenu Micah que je m'en allais et j'ai foncé chez moi.

Malgré la pluie torrentielle, il avait effectué le trajet en dix minutes au lieu des quinze habituelles.

— Tu as quitté ta réunion importante pour moi ? demanda Dodi en lui prenant la main et en joignant ses doigts aux siens. Je croyais qu'il était primordial que tu sois présent.

Il haussa les épaules.

— Micah a fait ce qu'il y avait à faire.

— Et ont-ils voté pour les changements que vous avez proposés ?

Il n'en savait rien et il s'en moquait un peu, à vrai dire. À cet instant, en tout cas. Seule Dodi comptait.

— Je n'en ai aucune idée.

Dodi poussa un petit soupir, noua les bras autour de son cou et se blottit contre lui.

— Je me souviens de toi penché sur moi hier soir, en train d'écarter mes cheveux de mon front. J'étais si heureuse que tu sois là...

Il lui caressa le dos.

— Je serai toujours là, Elodie Kate. Et ce qui s'est passé hier soir m'a fait prendre conscience qu'il était ridicule que nous vivions séparément. Je ne peux pas continuer comme ça. J'ai besoin de t'avoir près de moi pour pouvoir te protéger.

Il frissonna.

— Je ne peux pas revivre ça.

Elle lui passa la main dans le dos.

— C'était un accident, Jago. Je vais bien et le bébé aussi.

— Le médecin a dit que tu pouvais sortir mais il veut que tu te reposes jusqu'à la fin de la semaine.

— C'est d'accord.

— Alors on va t'habiller et je te ramène à la maison.

Dodi hocha la tête et rabattit les draps.

— J'ai hâte d'être dans mon lit et de dormir sur mon oreiller.

— Tu ne rentres pas chez toi. Tu viens chez moi. En ce moment même, Jabu et une des femmes de chambre emballent tes vêtements et tes affaires de toilette. Et quand tu seras d'attaque, tu me diras quels meubles tu veux faire transporter à Hadleigh House. Je sais que c'est la maison de Lily et tu n'as peut-être pas envie de la vendre mais tu pourrais la louer en partie meublée. Ou bien nous pouvons mettre au garde-meubles les affaires que tu veux conserver.

— Excuse-moi mais je ne comprends pas.

Jago posa sur le lit le petit sac de voyage qu'il avait apporté et qui contenait des vêtements de rechange. Il en sortit un pantalon d'été, un T-shirt confortable et des dessous.

— Qu'y a-t-il à comprendre ? Tu t'installes chez moi.

Le sang se retira du visage de Dodi, et ses yeux virèrent au bleu outremer, tandis qu'elle crispait les poings. Ce fut à cet instant que Jago prit conscience de son erreur. Dans sa hâte de l'avoir auprès de lui, de veiller sur elle et de l'aimer, il avait brûlé une étape essentielle. Il avait pris sans la consulter une décision majeure qui la concernait...

Il se frotta la mâchoire. Comment se sortir du guêpier dans lequel il venait de se fourrer ?

— S'il te plaît, dis-moi que j'ai mal entendu. Tu ne peux pas avoir fait tout ça sans me consulter, déclara Dodi d'un ton posé. Je t'ai expliqué que je ne supporte pas qu'on m'impose des situations que je n'ai pas choisies. Tu ne peux pas avoir fait quelque chose d'aussi stupide.

Si, il l'avait fait… Bon sang, pourquoi ne s'était-il pas souvenu de ça ? Parce que ce matin, après avoir passé la nuit à veiller à son chevet, à la regarder, à imaginer la vie sans elle, il n'avait eu qu'une idée en tête. La garder auprès de lui pour la protéger. Elle lui avait fait une peur atroce et il avait juste voulu la mettre en sécurité. Il n'avait pensé à rien d'autre qu'à atteindre cet objectif. Quel idiot ! Mais quel idiot !

Dodi se mordit la lèvre et baissa les yeux sur ses mains jointes.

— Pendant quelques minutes, j'ai été très heureuse malgré la sensation d'avoir été percutée par un camion. Notre bébé va bien et tu m'as fait passer avant ton conseil d'administration. Tu es venu à mon secours et tu as veillé sur moi. Je me sentais apaisée, certaine que tu serais toujours là pour moi, que tu ne me laisserais jamais tomber. Mais malgré ça, tu ne m'as toujours pas comprise. Je me suis promis de ne plus jamais laisser personne m'obliger à prendre une direction dans laquelle je n'ai pas envie d'aller.

Jago se maudit, atterré par sa propre maladresse. Pourquoi n'avait-il pas réfléchi deux minutes, bon sang ? Qu'est-ce qui n'allait pas chez lui ? Dodi plongea dans le sien un regard plein de tristesse.

— Donne-moi une raison que tu avais de faire ça, Jago. S'il te plaît.

Il jura intérieurement. Quels mots trouver pour tenter de se rattraper aux branches ? Il avait envie de lui dire qu'il l'aimait, qu'il avait agi poussé par la panique et par la passion, qu'il n'imaginait pas la vie sans elle et qu'il avait voulu la garder près de lui. Il avait envie de lui dire tout ça, mais il en était incapable. Les mots ne voulaient pas franchir ses lèvres. Il n'avait jamais dit à une femme qu'il l'aimait. Il ne savait comment s'y prendre...

Dodi secoua la tête et ferma les yeux.

— Ça ne va pas marcher, Jago. Ça ne peut pas marcher. Nous nous sommes fait des illusions à cause de notre désir. Mais tu as besoin de tout contrôler, de tout planifier et de me protéger, alors que de mon côté je ne supporte pas qu'on prenne des décisions à ma place.

La voix de Dodi était douce mais ferme, et son ton, résolu. Elle sortit du lit, prit ses vêtements et indiqua la petite salle de bains d'un mouvement du menton.

— Je vais me changer, et toi tu vas t'en aller.

Il ouvrit la bouche pour objecter qu'elle n'avait personne pour la ramener en voiture mais elle leva la main et secoua la tête.

— Je vais appeler Thadie pour lui demander de venir me chercher. Et non, je ne vais pas dire du mal de toi à ta sœur. Mais tu ferais mieux d'appeler Jabu et de lui dire de remettre mes affaires en place. Il faut aussi l'informer, ainsi que tous ceux à qui tu en aurais parlé, que je ne vais pas m'installer chez toi. Ni aujourd'hui, ni demain, ni aucun autre jour.

Eh bien, ça avait tout d'un rejet définitif. Jago suivit Dodi des yeux et regarda la porte de la salle de bains se refermer derrière elle. Quand il entendit le bruit du verrou, ses derniers espoirs s'évanouirent. C'était fini. Il avait perdu la seule femme qu'il avait jamais aimée.

Dodi tendit à une de ses conseillères la robe qu'elle apportait de la réserve et vit la future mariée danser sur place avec un sourire radieux à la vue du modèle vaporeux de style princesse.

— Je rêve de ce moment depuis mes huit ans. L'essayage de la robe dans laquelle je ressemblerai à une mariée de conte de fées.

Dodi adressa un sourire crispé à la jeune femme en se retenant de rouler des yeux. Encore une qui ne voyait pas plus loin que « le plus beau jour de sa vie ». Tandis que la future mariée s'éloignait vers un salon d'essayage, elle porta une main à sa poitrine. Depuis qu'elle était sortie de l'hôpital une semaine plus tôt après avoir demandé à Jago de la laisser seule, elle avait le cœur lourd et des larmes coincées au fond de la gorge. Il lui manquait tellement…

— Elle est peut-être jeune mais elle ne se précipite pas dans le mariage les yeux fermés.

Dodi se tourna vers la mère de la future mariée assise sur le canapé à deux places à côté duquel elle se tenait. Oui, c'était sûrement la mère de la future mariée, cette femme élégante dont elle n'avait pas remarqué la présence avant qu'elle lui adresse la parole. Combien de gens ne remarquait-elle pas au cours de ses journées hantées par le fantôme de Jago ? Elle esquissa un sourire poli.

— Je suis désolée, je ne sais pas de quoi vous parlez.

— Oh ! si. Vous pensez que ma fille ne pense qu'au jour du mariage et n'a pas réellement réfléchi à tous ceux qui suivront.

Dodi se massa le front et indiqua la place libre sur le canapé.

— Vous permettez ?

— Bien sûr. Je m'appelle Dee.

— Mon nom est Dodi. Je suis la propriétaire de ce salon.

Dee scruta le visage de Dodi.

— Vous êtes la petite-fille de Lily ? Vous lui ressemblez !

— Oui, répondit Dodi en souriant. J'ai hérité de la boutique à sa mort.

— Oh ! je suis navrée d'apprendre ça. Lily m'a vendu ma robe de mariée, et c'est grâce à elle que je fêterai mon trentième anniversaire de mariage cette année.

La curiosité de Dodi fut piquée. Elle aimait entendre parler de sa grand-mère.

— Vraiment ? Qu'a-t-elle fait ?

— Elle m'a convaincue de renoncer à ma grande réception avec cinq cents invités, répliqua Dee, les yeux pétillants de malice.

Dodi resta bouche bée.

— Quoi ?

— Je faisais partie de ces mariées tellement obsédées par la cérémonie, la réception et tout le tralala, que je ne pensais à rien d'autre. Votre grand-mère m'a invitée à m'asseoir et m'a demandé de lui parler de mon fiancé. Elle m'a interrogée sur son métier, ses goûts, ses hobbies, ses opinions politiques... J'ai été incapable de répondre à une seule de ses questions, ce qui m'a passablement irritée.

« Et puis un jour, celui qui était alors le frère de mon fiancé, m'a accompagnée ici en voiture et il est entré avec moi dans la boutique. Votre grand-mère m'a fait parler de lui et j'ai pu lui dire quelle était sa couleur favorite, qu'il détestait les olives, qu'il était allergique aux piqûres d'abeille et que Faulkner était son écrivain favori. Elle m'a laissée raconter tout un tas d'anecdotes à son sujet et, sans qu'elle fasse un seul commentaire, j'ai pris conscience que j'épousais le mauvais frère.

Dee eut une moue contrite.

— Il a fallu trois ans pour que la famille me pardonne d'avoir laissé tomber un frère pour l'autre. Quatre ans plus tard, je revenais ici pour acheter la robe numéro deux.

— Quelle histoire merveilleuse !

Et comme Lily lui manquait, songea Dodi. Elle donnerait n'importe quoi pour pouvoir se réfugier dans ses bras en ce moment...

Dee croisa les jambes.

— Je passais beaucoup de temps ici, à l'époque. J'inventais des excuses pour venir voir Lily. J'étais vraiment attachée à elle et j'aimais l'écouter raconter ses histoires, parler de sa vie.

Dodi sentit sa gorge se nouer.

— Quel genre d'histoires vous racontait-elle ?

— Ah, elle me parlait de son enfance, de ses amis et de son amour pour cette boutique. Mais les histoires que je préférais, c'étaient celles qui concernaient Tim, son mari.

Dodi eut un pincement au cœur. Le grand-père qu'elle n'avait jamais connu...

— Ils avaient vécu un véritable conte de fées, dit-elle. J'ai vu des photos de lui. Il était très séduisant. Je l'ai toujours imaginé en marié parfait, un véritable prince charmant.

Dee écarquilla les yeux.

— Parlons-nous du même homme ? Parce que ce n'est pas ainsi que votre grand-mère le voyait.

Dodi arqua les sourcils avec perplexité.

— Lily adorait Tim. Elle me le disait souvent. Ils étaient très amoureux.

Si elle apprenait que la seule histoire d'amour en laquelle elle croyait n'en était pas une, elle ne s'en remettrait jamais !

— Oh ! oui, je suis d'accord avec ça. Ils étaient amoureux. Mais votre grand-père n'avait rien d'un prince charmant.

— Ah bon ?

— Lily disait souvent qu'il était du genre solide mais silencieux. D'après elle, il avait beaucoup de mal à exprimer ses sentiments. Il ne disait jamais « Je t'aime », mais Lily n'a jamais douté de son amour.

Ça alors, c'était incroyable...

— Vous a-t-elle dit comment elle savait qu'il l'aimait ? demanda Dodi, fascinée.

Dee sourit.

— Je lui ai posé la question et je n'oublierai jamais sa réponse. Elle m'a dit que l'amour pouvait s'exprimer via différents langages. Un homme peut très bien ne jamais dire « Je t'aime », mais être attentif au bien-être de sa compagne, veiller sur elle, lui offrir son aide s'il sent qu'elle en a besoin. Lily disait que pour exprimer leur amour, certaines personnes ont recours aux actes plutôt qu'aux mots.

Dodi resta silencieuse. Jago ne parlait jamais d'amour mais ses actes étaient plus éloquents que des millions de mots. Il était constamment attentif à son sommeil, à son alimentation, à son confort, à sa sécurité. Et le jour de l'orage il était si inquiet pour elle qu'il avait abandonné une réunion primordiale pour l'avenir de son entreprise. Chacun de ces actes exprimait son amour pour elle.

Certes. Cependant, il avait entrepris de réorganiser sa vie sans la consulter. Elle lui avait pourtant dit qu'elle ne supportait pas qu'on prenne des décisions à sa place. Mais il n'avait pas tenu compte de sa volonté et il avait tenté de lui imposer la sienne. Elle avait été furieuse contre lui, mais il avait peut-être tout simplement voulu la protéger. Parce que la veille il avait eu très peur de la perdre. Était-ce la bonne explication ? Ou bien se racontait-elle des histoires parce qu'elle cherchait une excuse pour retourner avec lui ?

Dee s'éclaircit la voix.

— Une dernière chose, Dodi. Ma fille n'est pas une future mariée sans cervelle...

Dodi se mordit la lèvre, au comble de l'embarras.

— Je suis vraiment désolée.

Dee lui pressa la main.

— Ce n'est pas un reproche. Je veux juste vous expliquer à

quel point vous vous trompez. Courtney est avec Drake depuis huit ans, et il l'a soutenue quand elle a subi une mastectomie et un an de chimiothérapie. Il l'a fait rire et il l'a réconfortée quand elle pleurait. Il l'a aidée à se sentir belle quand elle perdait ses cheveux et l'a rassurée avant la chirurgie reconstructrice. Courtney s'est retrouvée face à sa mortalité et à présent elle veut prendre la vie à bras-le-corps et la vivre. Mais elle veut le faire avec Drake.

Dodi sentit des larmes lui brûler les yeux.

— Je suis désolée. Je n'aurais pas dû porter un jugement hâtif.

Dee lui sourit.

— Votre grand-mère aimait les mariages mais elle ne voyait pas tout en rose. Elle savait lesquels seraient des réussites et lesquels seraient des échecs… et elle savait que le bonheur se construisait. C'était une sage, votre Lily, conclut-elle en pressant la main de Dodi.

Dodi sourit et se leva.

— Merci d'avoir partagé vos souvenirs avec moi. Ça me touche beaucoup. Et j'espère que vous reviendrez me voir, avec ou sans votre fille.

Dodi s'éloigna en clignant furieusement les paupières. Elle prit le couloir conduisant à la zone réservée au personnel et s'adossa au mur pour contempler sa boutique pleine d'animation, avec ses conseillères et ses futures mariées enthousiastes. Détestait-elle la boutique et son travail parce qu'elle ne croyait pas à l'amour ou bien au contraire parce qu'elle y croyait et qu'elle était frustrée de ne pas le connaître ? Était-elle jalouse du bonheur de ses clientes ? Rêvait-elle secrètement de se marier, de faire partie d'un couple fusionnel ? Aimerait-elle être mariée avec Jago ?

Oh ! oui ! Bien sûr !

Alors il serait peut-être temps de s'avouer enfin la vérité. Elle aimait Jago de tout son être, de toute son âme. Et elle avait confiance en lui parce qu'il lui avait prouvé encore et encore qu'il était là pour elle et qu'elle était sa priorité.

Elle voulait partager sa vie et tout le reste avec lui. Elle voulait être une future mariée amoureuse, impatiente de s'unir avec un homme qu'elle adorait et de commencer avec lui une vie de bonheur partagé.

Une conseillère passa devant elle, et Dodi l'arrêta.

— Que puis-je faire pour toi, Dodi ?

— Il y a une future mariée dans le salon d'essayage numéro trois. Elle s'appelle Courtney et sa mère s'appelle Dee.

— Cheveux bruns, sourire réjoui ?

— Oui. Elle essaye une robe Pablo mais je ne pense pas qu'elle ait les moyens de l'acheter. Elle se rabattra sans doute sur un modèle moins cher du même style. Vends-lui la robe échantillon au prix coûtant.

Comme Dodi s'y attendait, la conseillère la regarda d'un air stupéfait. Elles ne vendaient jamais les robes échantillons, essayées par les clientes lors de leur premier rendez-vous, quand leur choix n'était pas encore fixé. Elle venait de passer une grosse commande à Pablo. Il accepterait de lui envoyer une autre robe échantillon du même style.

La conseillère hocha la tête.

— C'est toi la chef.

Oui, en effet. Et c'était sa boutique, où l'on choyait les futures mariées pour les aider à faire le meilleur choix et à se sentir belles le jour magique où débuterait pour elles ce qui était censé être une vie de rêve. Jamais elle ne vendrait la boutique de Lily. Il serait peut-être donc temps de changer d'attitude et de se permettre de l'aimer.

Et si elle prenait un nouveau départ avec Love & Enchantment, elle allait en faire autant avec Jago. Ou du moins elle allait essayer.

12

Quelques jours plus tard, Jago sortit sur la terrasse de Hadleigh House et trouva son frère assis au bord de la piscine, les pieds dans l'eau. Ils étaient rentrés une demi-heure plus tôt après avoir couru dix kilomètres.

— Tu veux une bière ? demanda-t-il.

— Et comment, répliqua Micah.

Jago sortit deux bouteilles du réfrigérateur, en tendit une à son frère et s'assit à côté de lui. La nuit qui venait de tomber résonnait du chant des cigales et des crapauds. Il aurait tant aimé partager ce moment avec Dodi...

— Merci d'avoir dirigé la réunion seul l'autre jour et d'avoir convaincu le conseil d'approuver nos projets.

Micah avait accompli un travail fantastique, qui permettait la mise en œuvre d'une transition écologique accélérée pour toutes les sociétés de Le Roux International.

— Je ne suis pas seulement un beau gosse, plaisanta Micah.

— Je sais que tu as des journées chargées, mais as-tu trouvé un nouveau lieu pour le mariage de Thadie ?

— Non... Peut-être, répliqua Micah en grimaçant.

Jago arqua les sourcils. Faire des réponses évasives n'était pas dans les habitudes de Micah.

— En clair, ça veut dire quoi ?

— Ça veut dire qu'Ella, l'organisatrice d'événements avec

qui je travaille, a une piste concernant une propriété qui serait parfaite, mais qui pour l'instant n'est pas disponible pour accueillir un mariage.

Jago ouvrit la bouche pour poser une des dix mille questions qui lui venaient à l'esprit, mais Micah le réduisit au silence d'un geste.

— Pas d'humeur à subir un interrogatoire en règle, Jay. Tu sauras, en même temps que moi et que Thadie, si c'est une option ou pas.

Son frère semblait exténué, constata Jago. Presque autant que lui...

— Tout va bien ?

Micah se contenta de hausser les épaules. De toute évidence, la réponse était non, mais il n'avait pas envie de s'étendre sur le sujet, comprit Jago. Alors que lui, il avait besoin de parler à quelqu'un. Non, il avait besoin de parler à son frère, son jumeau, l'être qui le connaissait le mieux.

Micah le devança et lui tendit une perche.

— Tu te rends compte qu'à cette époque l'année prochaine tu seras père ?

Jago réprima un soupir. Non, il ne se rendait pas compte. Ou plutôt si. Ou les deux à la fois.

— Pour être honnête, j'ai du mal à réaliser.

— Tu as toujours dit que tu ne voulais pas d'enfants. Aujourd'hui ça va ? Tu acceptes l'idée ?

— Oui. Dodi m'a fait prendre conscience que je ne suis pas Theo. Qu'aucune fatalité ne m'oblige à devenir le même genre de père que lui.

— Fais juste l'inverse de ce qu'il faisait et tu seras génial.

C'était le plan, en effet. Jago sentit sur lui le regard perplexe de son frère. Il attendit la question inévitable.

— Je n'ai pas vu Dodi dernièrement. Tout va bien entre vous ?

— Non.

— Que s'est-il passé ?

— J'ai tout gâché. Le lendemain de l'orage, sans lui en parler, j'ai organisé son déménagement pour qu'elle s'installe ici.

— Désolé, mais je ne vois pas où est le problème.

— Le problème, c'est que Dodi ne supporte pas qu'on organise sa vie sans lui demander son avis. C'est viscéral. Elle était furieuse que je ne l'aie pas consultée avant d'envoyer Jabu chez elle emballer ses affaires. Elle m'a dit que ça ne marcherait jamais entre nous et elle m'a largué.

Micah eut l'air surpris.

— Vraiment ?

Jago crispa la mâchoire. Avait-il l'air de plaisanter ?

— Oui, *vraiment*.

— Si je comprends bien, ta manie de tout contrôler a fini par faire boomerang ? lâcha Micah d'un air amusé.

— Je n'ai pas...

Jago s'interrompit et soupira.

— OK, j'éprouve le besoin de tout contrôler. Mais jamais par goût du pouvoir. En l'occurrence, je trouvais juste que c'était la meilleure solution pour elle. Même si je suis amoureux fou, c'est d'abord à son bien-être que je pensais.

— Tu le lui as dit ?

— Non.

— Que lui as-tu dit ?

Jago détourna les yeux.

— Rien. Je ne trouvais pas les mots. Je l'ai laissée partir.

Micah émit un grognement effaré.

— Jago ! Sérieusement ?

— J'ai essayé d'agir pour le mieux avec les meilleures intentions du monde mais ça m'a explosé à la figure. Peut-être que ce n'est pas le bon moment, ou qu'elle n'est pas la bonne personne. Ou les deux. Ou peut-être que je suis juste vraiment nul.

— Je ne suis d'accord que sur ce dernier point, fit Micah d'un ton pince-sans-rire. Plus sérieusement, sais-tu au moins ce que tu veux, Jago ? Qu'attends-tu d'elle ?

C'était le moment d'être sincère... Jago but une longue gorgée de bière.

— Je veux qu'elle devienne ma femme pour le meilleur et pour le pire. Je veux passer ma vie à l'aimer, à prendre soin d'elle et de notre enfant. Et de tous les autres enfants que je veux avoir avec elle !

— Tu ne crois pas que c'est Dodi qui a besoin d'entendre ça plutôt que moi ? demanda Micah en donnant à son frère un petit coup d'épaule affectueux. Elle ne peut pas lire dans tes pensées, Jago. Même moi j'ai souvent du mal à deviner ce que tu ressens, alors que nous avons partagé un ventre en colocation... Crois-moi, elle ne se doute certainement pas que tu l'aimes. Et en organisant son déménagement sans la consulter, tu lui as donné l'impression de te moquer éperdument de ce qu'elle pense. Pas de doute, tu es vraiment nul en communication, mon cher jumeau.

Jago soupira. Micah avait raison.

— Il faut que je lui parle.

— Ça, c'est une sacrément bonne idée, approuva son frère.

Où es-tu ?

Sur le point de monter dans sa voiture après avoir dîné chez Thadie, Dodi fixa longuement le message de Jago. Depuis des jours elle essayait de trouver le courage de reprendre contact avec lui. Et c'était lui qui faisait le premier pas... Pourquoi ? La sonnerie de son téléphone la fit tressaillir, et son cœur fit un bond dans sa poitrine à la vue du numéro.

— Jago ?

— Dis-moi juste où tu es.

Encore un ordre ? Elle aurait pu protester, mais elle n'en avait pas l'énergie...

— Je pars de chez Thadie, dit-elle en s'installant au volant. Pourquoi ?

— J'allais te demander si je pouvais passer chez toi, mais puisque tu es à cent mètres d'ici, il vaudrait mieux que ce soit toi qui viennes chez moi.

Son cœur fit un nouveau bond. Oh ! il lui manquait tellement... Elle mourait d'envie de le voir.

— Pourquoi ?

— Parce que j'ai besoin de te parler et que je préférerais le faire maintenant plutôt que d'attendre d'avoir traversé toute la ville en voiture pour aller chez toi.

Dodi avait démarré et elle venait d'arriver au bout de l'allée de Thadie. Elle hésita. À gauche pour rentrer chez elle ou à droite pour aller à Hadleigh House ?

— Tu viens ou pas ? Si tu ne viens pas, je vais chez toi.

— C'est important à ce point ?

— Tout ce qui te concerne est important. S'il te plaît, viens, Elodie Kate.

Ce fut ce « S'il te plaît » et la tristesse dans la voix de Jago qui décidèrent Dodi.

— D'accord. J'arrive dans une minute ou deux.

— Le code du portail n'a pas changé. Je t'attends dans mon appartement.

Quelques minutes plus tard, Dodi se gara à sa place habituelle sous le saule. Elle entra dans la maison par la porte latérale, prit le couloir et monta à l'étage. Au moment où elle allait frapper à la porte de Jago, celle-ci s'ouvrit. Il la saisit par le poignet et la tira dans la pièce. Elle trébucha et tomba dans ses bras avec un petit cri de surprise. Avant qu'elle ait le temps de dire quoi que ce soit, il captura sa bouche dans un baiser fiévreux. Elle noua aussitôt les bras sur sa nuque et lui répondit avec feu. Quelques instants plus tard, il s'arracha à sa bouche et appuya son front contre le sien.

— Que se passe-t-il ? demanda-t-elle, le souffle court.

— C'est ma façon de te dire que tu me manques et que toute la semaine j'ai vécu un véritable enfer.

— Je te manque ?

— Chaque jour, chaque minute. Je suis totalement inefficace au travail, incapable de me concentrer et d'une humeur massacrante.

Tout étourdie, Dodi se laissa entraîner jusqu'au canapé. D'accord, elle lui avait manqué. Mais en tant que quoi ? Que maîtresse ? C'était le sexe qui lui avait manqué ? Ou bien *elle* ? Elle s'assit, se força à le regarder dans les yeux et posa la question qui lui brûlait les lèvres.

— C'est le sexe qui t'a manqué, Jago ?

Il plissa le front.

— Bien sûr que le sexe me manque. Toi et moi, c'est fantastique.

Le cœur de Dodi se serra et des larmes lui noyèrent les yeux. Quelle idiote ! Que s'imaginait-elle ?

— Non, attends, je m'exprime mal.

Jago soupira et s'assit à côté d'elle.

— Tu sais, je suis capable de discuter brillamment de tas de sujets plus ardus les uns que les autres, mais dès que je dois te parler, je perds tous mes moyens.

— Nous parlons toujours de sexe ?

— Non, j'y reviendrai dans un instant, mais d'abord... L'autre jour à l'hôpital j'ai été nul. J'avais eu si peur... Je voulais te garder auprès de moi en sécurité, mais j'ai tout organisé sans te demander ton avis. C'était une erreur impardonnable et je ne recommencerai jamais.

— Jamais, c'est très long, objecta-t-elle, dubitative.

— Je te le promets, Elodie Kate. Et je ne fais jamais de

promesses en l'air. Quant au sexe... Oui, c'est vrai j'aime le sexe avec toi, mais j'aime encore plus me réveiller auprès de toi, t'entendre raconter tes folles journées à la boutique, te voir sourire, te voir manger avec appétit... J'aime le sexe, Dodi, mais ce que j'aime par-dessus tout, c'est toi.

Quoi ? Avait-elle bien entendu ?

— Tu viens vraiment de dire que tu m'aimes ?

— Bien sûr que je t'aime. Je pense que je suis amoureux de toi depuis la première fois que nous nous sommes embrassés à la boutique. Peut-être même depuis notre tout premier baiser il y a cinq ans.

Pardon ? Elle venait de glisser dans un monde parallèle...

— Mais tu ne crois pas à l'amour, Jago ! Tu te souviens ?

— Avec toi, j'y crois.

Elle se leva et se mit à arpenter le salon.

— Franchement, je suis un peu dépassée !

Jago esquissa un sourire et se cala sur le canapé.

— Au risque d'aggraver ton état, sache que je ne veux pas d'une vie calme sans amour, ni querelles, ni fantaisie. Je veux tout le contraire. Avec toi je veux un tourbillon de passion, des scènes épiques, des réconciliations passionnées, et des moments de folie. Je veux de l'amour. Pour la vie. Avec toi.

— Je... Quoi ?... Ce que tu dis n'a aucun sens, Jago !

— Si, et c'est ce qui t'effraie, objecta-t-il d'une voix calme, assurée. Tu as peur comme moi de t'engager dans une relation durable, tu as peur d'accorder ta confiance parce que tu ne veux plus courir le risque d'être déçue, d'être abandonnée, de souffrir.

Dodi hocha la tête avec perplexité. Il avait raison. Sur tous les points...

— Mais je ne te décevrai pas, Elodie Kate. Je ne t'abandonnerai pas, je ne te ferai pas souffrir. Oh ! je ne prétends pas être parfait, bien sûr. Je commettrai forcément des erreurs, mais dans les moments importants je serai là pour toi, prêt à te soutenir à chaque fois que tu en auras besoin.

Elle sentit des larmes ruisseler sur son visage.

— Jago, arrête... s'il te plaît...

Il se leva, la rejoignit et essuya ses joues du bout des doigts.

— Arrêter quoi ? De t'aimer ? Trop tard pour ça. De te soutenir ? Je le ferai, que tu acceptes de m'épouser ou non. Même si tu ne peux pas m'aimer, tu es la mère de mon enfant. Tu pourras toujours compter sur ma protection et mon amitié, quoi qu'il arrive.

— Tu veux m'épouser ? s'exclama-t-elle d'une voix étranglée.

— C'est mon vœu le plus cher, mon cœur.

— Mais pourquoi ?

— Parce que avec toi je suis moi, Jago, et pas l'homme d'affaires implacable, ni le fils de Theo, ni le jumeau de Micah. Avec toi je suis moi-même et je suis heureux.

Elle se mordit la lèvre.

— Alors ce n'est pas pour le bébé que tu veux m'épouser ?

— Non. Je suis de moins en moins angoissé à la perspective de devenir père et j'attends l'arrivée de notre bébé avec joie, mais pour l'instant il ne s'agit pas de lui. Il s'agit de toi et de moi. Des sentiments que nous éprouvons l'un pour l'autre. Enfin, j'espère... Parce que jusque-là c'est surtout moi qui ai parlé...

Dodi enveloppa Jago d'un regard éperdu. Son petit sourire malicieux ne la trompait pas. Dans ses yeux, l'inquiétude était criante. Il avait peur. Qu'elle ne l'aime pas. Le seul fait qu'il ne dissimule plus sa vulnérabilité sous un masque impassible prouvait sa sincérité. Il l'aimait. Il voulait passer sa vie avec elle. Et il attendait sa réponse.

— Je t'aime, Jago. Mon amour tu l'as depuis longtemps déjà. Mais aujourd'hui, tu as aussi ma confiance. Entière et sans réserve. Comme Lily autrefois.

La pomme d'Adam de Jago parut vouloir sortir de sa gorge et

ses yeux se mouillèrent imperceptiblement. Elle se rapprocha de lui et posa la main sur son cœur.

— Tu sais que je suis folle de ton corps, Jago. Mon désir pour toi est insatiable. Mais il suffit que je te regarde pour que mon cœur chante. Avec toi je suis à la fois calme et exaltée, sereine et enthousiaste. J'adore déjà notre bébé, mais ce n'est pas pour lui que je veux t'épouser. C'est parce que je t'aime et que je n'imagine pas la vie sans toi.

Jago posa la main sur la joue de Dodi.

— Ces mots... Je ne pensais pas avoir besoin de les entendre. Et je n'en avais pas besoin en effet. Sauf prononcés par toi...

— À propos de mariage...

Elle eut un sourire malicieux.

— Je veux une demande digne de ce nom – sans tomber dans le délire non plus – et une bague de princesse de conte de fées. Ah, au fait, nous nous marions à l'église, Le Roux. Et bien sûr, je compte sur une lune de miel enchanteresse.

— Demande, bague, cérémonie religieuse, lune de miel... je prends note. Autre chose, mon cœur ?

Elle glissa la main sous sa chemise.

— De l'amour, de l'amour et de l'amour.

— C'est promis, Elodie Kate.

Vous avez aimé ce roman ?
Retrouvez la famille Le Roux dès le mois prochain
dans votre collection Azur !